あたしが先頭になって、別邸の中を歩いて行く。
「このへややからは、みずうみが見える！」
「き
ひあたりもよさそう！」
転生幼女は
前世で助けた
精霊たちに懐かれる

「きええれええええええ！」
あたしは強く念じながら叫んだ。
ルリア・ファルネーゼ
元気で動物好きな
大公家の娘。
前世は聖女。
ダーウ
巨大なわんこ。
正体は精霊たちを
守護するフェンリル。

「これでよしかな？」
『もう大丈夫なのだ』
あたしはクロから魔力を借りて、
治癒魔法を発動する。
竜の子の怪我が瞬く間に癒えた。
呼吸が静かになって、
安らかに眠り始めた。
ロア
先代の精霊王と
同じ名・姿の幼い竜。
クロ
羽の生えた黒猫。
精霊たちの王。

「我は水竜公と呼ばれし竜。
この辺りを治めていた古の竜なのである」
体表のヘドロのようなものが吹き飛んでいき、
中から青い生き物が現われる。
その生き物は、四つの羽と四肢を持つ竜だった。
体長二十メトルぐらいある巨大な竜だ。

転生幼女は
前世で助けた
精霊たちに懐かれる
2
著／えぞぎんぎつね
イラスト／keepout

CONTENTS

サラ

虐げられていた獣人の少女。
ルリアと一緒に暮らし始める。

ルリア

動物好きな大公家の少女。
前世は大きな力を持つ聖女。

ルリアと暮らすもふもふたち

クロ

精霊たちを
統べる王。

コルコ

強くて大きな
ニワトリ。

ダーウ

フェンリルの
こども。

キャロ

頭の良い
プレーリー
ドッグ。

ファルネーゼ大公家

グラーフ

大公爵の父。

アマーリア

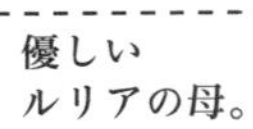

優しい
ルリアの母。

ギルベルト

ルリアと
仲良しの兄。

リディア

ルリアと
仲良しの姉。

一章　五歳のルリアと湖畔の別邸

乳母マリオンを呪いから救って帰る途中。

あたしたちは赤痘（せきとう）の濃厚接触者になってしまった。

そのため、父や兄姉を含めたみんなにうつさないため、別邸で隔離されることになったのだ。

マリオンの屋敷を出発してから、しばらく経つと大公爵家の屋敷が見えてくる。

あたしは隣に座っているサラに教えてあげる。

「サラ、あれがルリアたちがすんでいる家だ」

「りっぱなの」

「うむ。それで、あれがとりごやだ」

「とり？」

「うむ。おもしろいものをみせるから、みてて」

馬車の窓を開けて外を見る。強めの風が入り込んできて気持ちが良い。

馬車を見守るように、いつもの鳥たちが上空を飛んでいる。

馬車の外に腕を出して「ちいさいこくるのだぁぁぁぁ」と大きな声で叫んだ。

小さい子を呼んだ理由は、大きい子は重たいし、馬車の中に入れるのが難しいからだ。

「ぴぴっ」「ちゅん」「ちゅちゅ」

するとすぐにあたしの腕に雀が三羽やってきて、止まってくれた。

「ありがとう。すずめたち」

「ちゅっぴっぴ」

その雀を馬車の中に入れて、サラに見せる。

「な？」

「すごい！　ルリア様、とりのおともだち？」

「うむ。友達。サラも撫でるといい」

サラはあたしの腕に止まった雀たちを撫でる。

「かわいいの」

「ちっちっ」

「かわいい、えへ。えへへ」

サラが笑顔を見せてくれた。

サラが充分に撫でたあと、雀は外に出してやる。

「ありがと。ルリアはしばらくこはんの別邸にいってくるからな？　いいこでまっててて？」

「ぴっぴちゅ」

雀は何度か首をかしげた後、元気に飛んでいく。

そのとき、馬車は大公爵家の屋敷を囲む森の中を進んでいた。

相変わらず森の中には、動物の気配が沢山ある気がする。

「かあさま。もりのなかには、どんなどうぶつがいるの？」

「そうねぇ。動物はあまり見ないわね。リスみたいな小さい動物はいるかもしれないけれど」

「ふむぅ。もっと、でっかい生き物のけはいがするのだけどなー。サラはどうおもう？」

「わかんない。けど……いそう？」

「なー。きっといるよね」

今度森の中を探検したい。

あたしも、もう五歳。父と母もそろそろ森探索の許可を出してくれてもいいと思う。

あたしが考え事をしている間に馬車は大公爵家の屋敷を通り過ぎて進んでいく。

「かあさま。別邸って、どんなところ？」

「ルリアも初めてだったわね」

「そもそも屋敷のそとにでたのも、今日がはじめてだったからなー」

「それなら、楽しいかもしれないわ。別邸はね――」

どうやら母が言うには夏の休暇を過ごす場所らしい。

大公爵家の建物の中で、王都中枢の屋敷以外で本邸に最も近い場所にある建物とのことだ。

いつもの屋敷からは四頭立ての馬車で一時間ほど。

湖の畔（ほとり）にある、比較的小さな屋敷だという。

兄も姉も小さい頃は、真夏に数週間滞在して、遊んでいたらしい。

「湖畔の別邸を訪れるのは何年ぶりかしら」

「かあさまも、ひさしぶり？」

「そうね。まあ、今夏、陛下の来訪予定もあったからちょうどいいわ」

「へいかって。おじいさま？」

「そうよ」

陛下、つまり祖父である国王が湖畔の別邸を訪ねる予定だったとは知らなかった。

「建物にこわれているところないか、しらべるの？」

「それは管理人がきちんとしてくれているけど、念のためね」

母が別邸を数年訪れていないのは、あたしを外に出せなかったからだろう。

兄も姉も、夏の楽しみだっただろうに。

「たのしみ。これからは、みんなでこられるようになるといいな？」

「そうね」

「つぎはマリオンも一緒にきたらいい。な？　サラ」

「……うん」

まだ、サラは不安そうだ。

新しい家も、赤痘がうつっていないかも、なによりマリオンのことも、不安なのだろう。

「サラ。別邸に着いたらマリオンにお手紙をかくといい。字はルリアがおしえる！」

「うん」

「あらあら。ルリア、ちゃんと教えられる?」

「もちろん! あ、サラ、湖でおよいだら、きっとたのしい」

「うん。たのしそ」

「ルリア。子供だけで泳ぎに行ったらだめよ。危ないのだから」

「だいじょうぶ! わかってる!」

あたしはサラが不安に思わないように、楽しそうなことを話し続けた。

キャロもサラを安心させるために、サラの膝の上に座ってくれていた。


馬車で走ってしばらく経つと、湖が見えてくる。

「サラ、ルリア。湖が見えてきたわ。綺麗ね」

「おおー?」「うん。きれい」

湖は綺麗なのだが、少し変な気配を感じた。

「なんか……ふしぎなきがする」

「そう? もしかしたら、ルリアは主の気配を感じたのかもしれないわね」

「ぬし? なにそれ?」

「えーっと、この湖には大きな主がいるっていう昔話があるの」

「ほえー。いたらいいなぁ、な、サラ」

「うん」

本当にいたら楽しそうだ。だが、主がいそうな気配はない。

むしろ、大公爵家の周囲より精霊が少ない気すらする。

変な気配の正体は、綺麗で自然が豊富なのに精霊が少ないことかもしれなかった。

「あ、そうだ。サラはおよぐのすき？」

「およいだことないの」

「ルリアが教えるから、安心していい」

あたしがそう言うと、母が呆れたように言う。

「ルリアも湖で泳いだことがないでしょう？」

「ないけど……れんしゅうはしてる」

「そう。凄いわね」

「おふろで、れんしゅうした」

泳げるかどうかというのは、万が一のときに生死を分ける。

だから、あたしはお風呂でバシャバシャ練習していたのだ。

侍女たちは、いつも「お上手ですね」と褒めてくれたものだ。

「キャロ。ルリアは泳ぐのうまいもんな？」

「きゅ～」

あたしのお風呂での泳ぎの練習をキャロはいつも見ている。

そのキャロも「うまい！」と言ってくれていた。

「……お風呂で練習するのは、行儀良くないからあまりしちゃだめよ？」

「うむ。でも、ほかでれんしゅうできない」

「そうね……令嬢は別に泳げなくていいのだけど」

「そうはいかない。おぼれるのに男とか女とか、かんけいない」

溺れるのが男だけなら、練習しなくてよいだろうが、そうではない。

女であっても溺れるのである。ならば当然泳げなければならない。

「それは……そうなのだけど」

「だから、泳ぐれんしゅうする」

「でもね。ルリア。まだ春だから寒いわよ？」

「むむ？」

冷たいのは困る。風邪をひいてしまうかもしれない。

「湖で泳ぐのは、もっと暑くなってからなの」

「そっかー。サラざんねんだな」

「うん」

いくつかの小さな村の近くを通り過ぎ、そして大公爵家の別邸が見えてきた。

あたしが住んでいる屋敷より二回りぐらい小さい。

別邸の屋根の上には、いつもの鳥たちがもう止まっていた。

あたしとサラが手をつないで馬車を降りると、鳥たちがやってくる。

「ほっほう」「ぴぴっぴ」「くるっぽー」

「フクロウたちもきてくれたかー。ありがとうな」

「この子たちも、ルリア様のおともだち？」

「そう。サラも撫でるといい」「ほほう」

「ふわふわしてるの。かわいい」

サラに撫でられて、鳥たちもご機嫌だった。

「いつもはコルコという子もいるのだけど……お屋敷にいったらあえる」

勝手にやってきたダーウと違って、にわとりのコルコはお留守番だ。

「コルコ！　サラもあってみたいの」

「うむ！　コルコも可愛いよ」

あたしとサラが鳥たちと戯れている間、母は従者たちと館の警護について話し合い始めた。

あたしは暇なのでサラとダーウ、キャロと一緒に近くを調べる。

「遠くに行ってはダメよ？　森には怖い動物がいるかもしれないからね」

「わかった。とおくいかない」

離れすぎると怒られるので、あたしとサラは馬車の周りをうろちょろする。

屋敷と大きな湖は、大きな森に囲まれているようだ。

「でも、どうぶつの気配はすくないな？　な、サラ」

「うん」

屋敷の周りにある森より、こちらの森の方がずっと広そうだ。

なのに、動物の気配はこちらの森の方がずっと少ない気がする。

「いてもリスとかかかな？　プレーリードッグはいるかな？」

「きゅ」

そんなことを話しながら、サラとダーウ、キャロと馬車の周りを歩いていると棒を見つけた。

「かっこいいぼうがある」

それはあたしの身長ぐらいの棒だ。曲がり具合がほどよくて格好いい。

「かっこいいの？」

「うむ。このあたりがかっこいい。なっ？」

「ふんふん！　なっ？」

サラはきょとんとして首をかしげていた。

「そうなんだ。かっこいいね？」

棒を振って格好いいところをアピールしてみる。

サラにはまだかっこよさが伝わっていないようだ。

だが、そのうちサラにもかっこよさが伝わるに違いない。

「ルリア。サラ。中に入りましょう」

「うん！」「はい」

ダーウとキャロと一緒に、あたしとサラは、別邸の中に入ることにした。

「ルリア？　その棒は何？」

「かっこいいぼう」

「……虫の卵がついている、とかではないわよね？」

「ついてない」

「ならいいわ」

母に棒を所持する許可を貰ったので、あたしは棒を持ったまま、別邸の中に入る。

別邸を使うのは数年ぶりという話だったが、非常に綺麗だった。

「まいにち掃除してくれていたの？」

「そうよ。赤痘がうつらないように、今は管理人はいないのだけれど」

「そっかー」

「さて、ルリア、サラ。ついていらっしゃい」

「わかった」「……」

母が侍女と一緒にどんどん進む。

その後ろをあたしとサラ、ダーウがついていく。キャロはあたしの肩の上だ。

しばらく歩くと、母と侍女は部屋に入った。

追いかけて中に入ると、そこは書斎兼談話室のようなところだった。

壁には本棚があり、たくさんの本があった。

机や椅子、長椅子などもある。

「お茶を淹れますね」

「ありがとう。お願いね」

侍女はすぐ隣の部屋へと移動していく。

談話室の隣にはお茶を淹れる設備もあるらしい。

「ルリア。座るときは棒を置いておきなさい。行儀が悪いわ」

「あい」

逆らって没収されたら困るので、格好良い棒を大人しく椅子に立てかける。

「さてさて、ルリア、サラ。何も心配することはありません」

「してないよ」「はい」

「ですが、いつもとは勝手が違います。従者たちは護衛や本邸との連絡で忙しいので、身の回りの世話をしてくれるのは侍女が一人だけです」

そう言って、母はあたしとサラを優しく見つめた。

「そだなー。自分でいろいろしないとだな？」

「その通りです。とはいえ、私もルリアも、そしてサラも不慣れですからね」

「ルリア、できるよ？」

「それはすごいわね。……心がけるべきは、侍女の負担を減らすこと。わかるわよね」

「わかる」「はい」「わふ」「きゃぅ」

ダーウとキャロも真剣な表情で聞いている。

「とはいえ、あなたたちは子供だから、あまり難しく考えなくて良いわ」

「わかった！」「はい」「ばうばう！」「きゃう」

ダーウとキャロは「任せろ」と言っていた。

「そんなご配慮いただかなくても……」

お茶を淹れた侍女が戻ってくる。

「お嬢様方、お菓子もどうぞ」

「ありがと！　サラもたべるといい」

「ありがと」

サラは両手でお菓子を持って、もそもそ食べる。まるで小鳥のように、少しずつだ。

「ふんふん」

ダーウは机の上に大きな顎を乗せる。自分もお菓子を食べたいというアピールだ。

「ぴー」

ダーウは哀れっぽく鼻を鳴らす。

「しかたないなぁ」

あたしは自分の分のお菓子を半分に割って、ダーウに分けた。

「わふ」

ダーウは一瞬で食べて、嬉しそうに尻尾を揺らす。

「…………きゅう」

キャロはあたしの肩から机の上に降りて、こちらを見ている。

目で「当然くれるよね？」と訴えていた。

「しかたないなぁ」

あたしはキャロにもお菓子を分け与えた。

「きゅうきゅう」

キャロは両手で持ってお菓子を食べる。

その姿はサラに少し似ていた。

「おいしいな？」

「わふ」「きゃう！」

「おいしいの。えへ、えへへ」

どうやら、サラはうれしいと変な声で可愛く笑うらしい。

お菓子を美味しく頂いていると、侍女が張り切って言う。

「お任せください。本邸の支援もありますし、私一人でも不便は感じさせないようにします！」

「あら、無理をしてはいけないわ」

侍女には侍女のプライドがあるのだろう。

だが、おもちゃを片付けたり、着替えたり、自分でやれることはやるべきだ。

足をぶらぶらさせると、椅子に立てかけた棒に当たった。

「あ、サラ！　たんけんしよう！」

棒が探検家が使う杖のように見えたのだ。

「たんけん？」

「そう。どこになにがあるのかしらべる！　かあさま、いい？」

「屋敷の外に出たらダメよ？」

「もちろん」

「当然、窓から出てもダメなのよ？」

「と、とうぜんしない」

先ほど窓から出入りしたので、少し驚いた。

母には見られていないはずなので、たまただろう。

「それと、入ってはいけない場所が、色々あって……」

「はいったらダメなばしょとは……？」

すごく気になる。

「そうね。それも口で説明するより見た方が早いでしょう」

「むむ？」

「従者の方々にダメと言われた場所には入ったらダメよ？」

「わかった！」

「それならばいいわ。ダーウ。キャロ。ルリアとサラをお願いね」

「わふわふ！」「きゅる〜」

母の許可を貰ったので、

「サラ、いこ」

「あい」

あたしは右手で棒をもち、左手でサラの手を取って部屋を出た。

サラは左手に棒の人形を持っている。

「サラ。ここがきちだ」

部屋を出たところで、母がいる談話室を棒でさして言う。

「きち？」

「うむ。はぐれたり何かあったら、もどってくる場所だ」

「わかったの」

探検の最初に基地を作るのは大切だ。

そう本に書いてあった。

「うむ！　では出発する。サラたいいん」

「たいいん？」

「たんけんたいだからなー。たいちょうはルリア」

「わかった」

真面目な顔でサラは頷く。

「ダーウとキャロもたいいんだ」

「わふ」「きゃう！」

隊員に選抜されたダーウとキャロは誇らしげだ。


あたしが先頭になって、別邸の中を歩いて行く。

別邸は二階建てで、全体的に長方形のようだ。

「きっちんはこっちにあるっぽい？」

キッチンの中に入ろうとしたら、慌てた様子の従者に、大声で止められた。

「お嬢様方！　ダメです！　ここから先は立ち入り禁止です」

「びっくりした」「…………」

サラはびっくりして固まっている。

「驚かせて申し訳ありません。お嬢様方がキッチンに入りそうで慌ててしまいました」

「むむ？　ルリアはぬすみぐいとかしないのだが？」

「そうではありません。本邸から運ばれてきた食料が――」

本邸から運ばれてきた食料を、本邸の使用人がキッチンに入れてくれるらしい。

だから、本邸の使用人が出入りする場所と、あたしたちが使う場所を分けるようだ。

「なるほどなー？」

「時間を分けて、最少人数が出入りすることで、万一の際に備えているのです」

「そだね。とうさまたちにうつったら大変だ」

本当は赤痘ではないので、うつらない。

だが、真面目に対策を講じているみんなを邪魔してはいけない。

「立ち入り禁止の場所を、この紐で塞ぐのでくれぐれも通り抜けないでくださいね」

「わかった。サラもわかった？」

「…………」

サラはまだ固まっていた。

「どした？　サラ」

あたしが揺すると、はっと気づいたように動き出す。

「うん、わかったの」「わうわう」「きゅー」

サラだけでなくダーウとキャロもわかってくれたらしい。

「じゃあ、じゆうにうごける場所のたんけんをつづける！　サラついてきて！」

「うん！」

あたしたちは別邸の中の探検を続けた。

格好いい棒で床をペシペシ叩きながら進む。

「ルリア様、どうしてゆかをたたくの？」

「……わなを……みつけるためだ」

「えぇ……わながあるの？」

「かのうせいは、ひくい。だが、探検において、しんちょうすぎるということはない」

「……そうなんだ」

探検家の本にそんなことが書いてあった。

あたしの凄腕探検家ぶりを、サラも尊敬しているようだった。

立ち入り禁止の場所は、主に使用人の居住空間やキッチンや洗濯室などの作業場所だ。

本邸からの応援部隊が、そこで作業するに違いない。

使用人エリアは立ち入り禁止が多いが、主人の家族エリアは自由に動いて良いようだ。

「このあたりは、自由にたんけんできるっぽい？」

「うん。どの部屋もきれい」

一階を見てまわった後、あたしたちは二階へと上がる。

二階は主人の家族が寝泊まりするエリアだ。

「ここがしんしつかー！」

あたしはサラたちと一緒にいくつもある寝室の一つに入る。

「やわらかいの」

「そだな。ふとんもかわいている！」

数年使われていないのに、全くカビ臭くない。

定期的に管理人が手入れをしてくれていたのだろう。

「サラはどのへやがいい？」

「どのへや?」

「へやは、どれもほとんど同じだけどびみょうにちがう。ひあたりとか?」

「うーん」

「ルリアは……大きいへやがいいな。ダーウとキャロもいっしょにねるからなー?」

「わふ」「きゅっ」

嬉しそうに尻尾を振るダーウと肩の上のキャロを、サラと一緒に撫でる。

「……もふもふ」

「サラもいっしょに寝よう」

「いいの?」

「もちろん、いい」

「えへ、へへ……ありがと」

サラは嬉しそうに微笑んだ。

その後あたしたちはどの部屋がいいか検討した。

「このへやからは、みずうみが見える!」

「きれい。ひあたりもよさそう!」

「このへやにする?」

「うん!」「わふわふ!」「きゅう〜」

サラとダーウ、キャロの同意を得られたので、あとで母にお願いしてこの部屋にしてもらおう。

寝台もダーウが充分乗れるぐらい大きいので安心だ。

「へやのなかもたんけんしよう！」

「うん！」「わふ」「きゅっ」

寝台の下、タンスの中、水回りも確認する。

部屋の隣には、本邸のあたしの部屋と同じように体を洗える場所があった。

「サラ、こっちにくるといい」

「うん」「わふ！」

あたしが、体を洗う場所にサラを呼ぶと、一緒にダーウが走ってくる。

ダーウは背中が平らになるようにして、

「わーう」

あたしに乗れとアピールしてきた。

「ダーウ。いまはのらない。水はつめたいからな？」

今は体を洗う必要はない。

サラに使い方を説明するだけなのだから。

「きゅーん」

寂しそうにするダーウの頭を撫でて、サラと向き合う。

「サラ。あれをひねると、あそこから、みずがでる。つめたい」

「うん」

サラは神妙な顔で頷いた。

「よごれたら、あらわないといけないから」

サラはまるで悲しいことのように言う。

もしかしたら、サラは体を洗うのが嫌いなのかもしれない。

「ルリアはキャロをあらうためにお湯をだそうとして、つめたいみずを頭からあびたことがある」

「わふ～」「きゅる～」

そのときのことを思い出して、ダーウは嬉しそうに尻尾を振り、キャロはぶるりと身を震わせた。

もしかしたら、ダーウは、みんなで冷たい水を浴びたことが楽しかったのかもしれない。

「もちろん。それはルリアがおさないころのはなしだ」

今は大丈夫だとアピールしておく。姉としての沽券に関わるからだ。

「あのときは、マリオンにたすけてもらった」

「ママに？」

「そう。だから、サラがもしそうなったら、ルリアがたすける」

「ありがと。えへへへ」

サラはにへらと笑った。

「うむ！」

そんなサラの笑顔が可愛くて、あたしは頭を撫でた。

「とはいえ、ルリアでも、ちょうせつはむずかしいからな。サラもいじったらダメだ」

「わかった！」

サラは真剣な表情で頷いた。

「わふ～」

その後ろで、ダーウが前足を壁につけ、後ろ足で立ち上がってレバーを口に咥えた。

「ま、まって、ダーウ！」

「わふ？」

「ダーウも、レバーをいじったらダメ」

「わふぅ？」

ダーウはきょとんとして首をかしげて「なんで？　水で遊ぼうよ」と目で訴えてくる。

あたしがサラにした話を、まったく聞いていなかったらしい。

「ダーウ、つめたい水をあびたら、かぜをひく」

「わふ」

「あそびでいじったら、おこられる」

「……わふぅ」

「みずあそびは、またこんどだ」

「わふ！」

また今度という言葉が嬉しかったのか、ダーウは尻尾を振って大きな頭を押しつけてくる。

「ダーウはほんとうにお子さまだなぁ」

あたしとサラはそんなダーウをわしわしと撫でた。

そのとき、あたしはふと窓の外から聞こえてくる音に気づいた。

「む？」

「なにか、たてててるの？」

「たてててるみたいだ」

別邸の外に、小屋というには立派すぎる建物が建てられつつあった。

「とりごやかな？」

「人がすむ家だとおもうの。とびらとかが、人むけなの」

「そうかもしれない。サラはするどい」

あたしがサラの頭を撫でると、サラは照れて頬を赤く染めた。

「うむ？　あれはしつじなのだ」

建物の建築指揮を執っているのは大公爵家の執事だった。

執事とは従者たちの上司である。

「なにをたてているのか、ききみをたてるから、しずかにな？」

「うん」

あたしは窓を開けて、特技の聴覚強化をしながら、耳をそばだてる。

もちろん、特技なので魔法とは違う。使ってもちゃんと背は伸びるはずだ。

サラは可愛い獣耳を動かした。ダーウとキャロも真剣な表情で耳を動かした。

「ごえいのいえ？」

「お、サラきこえたのだな？」

「うん。サラ、みみがいいから」

「すごい！」

どうやら護衛が、一緒に隔離される従者五人だけでは不安だと、父は考えたらしい。

だから、十人ぐらいの護衛が寝起きできる建物を大急ぎで建てているようだ。

一緒に隔離されている五人の従者は屋敷の中を警護し、外を十人の従者が固めるらしい。

「今日じゅうにたてるよていなのかー」

「すごいの」

日没までに建てろというのが父の指示らしい。

大工さんたちが、無茶な工期に怒ってないか心配になったのだが、

「急な納期も、これだけもらえれば文句ねーよ」

「ああ、うちの娘の結婚衣装をつくってやれるってもんだ！」

「大公殿下さまさまだな！」

みたいな話を、大工さんたちがしている。

相場よりかなり高い給金が支払われているらしいので、あたしは安心した。

「あ、たいせつなことをわすれていた。トイレがない」

「え？　トイレならこっちにあるの」

「うむ、ルリアとサラのトイレはあるのだが……ダーウとキャロのトイレがない」

「あ、そっか」

「このままでは、ダーウとキャロがトイレにいけない」

「わふっ？」「きゃうっ？」

由々しき事態だとダーウとキャロも気づいたようだ。

「かあさまにたのんでこよう。きちにいく！」

あたしとサラはダーウの背中に乗って、基地、つまり談話室へと向かった。


「かあさま！」

「どうしたの？」

談話室で、母は書き物をしていた。

大量の書類を机に載せて、ものすごい勢いでペンを走らせている。

「ダーウのトイレがない！」

「そうね」

母はペンを動かす手を止めない。余程忙しいらしい。

だが、こちらも非常事態である。

「キャロは小さいから、ルリアが抱っこしてルリアのトイレでさせられるけど……ダーウは……」

「わふぅ……」

「このままだと、ダーウがトイレできなくて、病気になる！」

「わぁぅ……きゅーん」

病気になると聞いてダーウは心配そうだ。尻尾もしょんぼりしている。

「安心しなさい。ダーウとキャロのトイレはすぐに届くわ」

母は手を止めて、あたしを見るとにこりと微笑んだ。

母は既に、トイレを持ってくるように指示してくれていたらしい。

「ありがと、かあさま！　よかったな、ダーウ」

「わふぅ」

ダーウもトイレができる安心感で尻尾を元気に振った。

「ダーウは散歩もした方が良いわね。あなた、お願いできるかしら」

「お任せください」

母が従者の一人にダーウの散歩の指示をする。

「わふぅ」

いつもならはしゃぐダーウが、心配そうにあたしの顔を見た。

慣れない場所で、自分が離れて良いのか、不安なのだろう。

「ダーウ。そとの探検はまかせた」

「わふ！」

「思うぞんぶん、なわばりをしゅちょうしてくるといい」

「わふ！」

縄張りの主張という大切な仕事を思い出したダーウは張り切って尻尾を揺らしたのだった。


それから、あたしは自分たちの部屋の希望を母に伝えて許可を取った。

そしてダーウたちのトイレが届くまで手紙を書こうと思ったのだが、サラがうとうとし始めた。

今日は色々あったので、疲れたのだろう。

「サラ。ルリアといっしょに昼寝しよう」

「ん……うん」

「ということで、寝室にいってくる！」

「いってらっしゃい。あ、あなた、サラを抱っこしてあげて」

「畏まりました」

侍女が半分眠りに落ちたサラを抱っこして部屋まで運んでくれる。

サラの大切な棒人形は、格好良い棒と一緒にあたしが丁寧に運ぶ。

「サラお嬢様の服をお仕立てしないとですね」

運びながら侍女が呟くように言った。

「だんしゃく家からふくをもってきたらよいのではないか？」

男爵家にもサラの服はあるはずだ。

「これを見てください」

「む？」

侍女は抱っこしたサラのお尻をあたしに向けた。

「尻尾を通す穴がありません」

「ほ、ほんとだ」

「きっと、サラお嬢様は専用の服を用意してもらってないんですよ」

「そ……そうだったのか」

たしかに、男爵家の応接室で初めてサラに会ったとき、尻尾が窮屈そうだなと思ったのだ。

「いいふくをきていたから……」

「素材はいいですよね。サラお嬢様に合っていないだけで」

「なぜ、そんなことを……」

男爵がサラを可愛がっていなかったのは知っているが、合わない服を用意する理由がわからない。

「デザインが古いですし、多分古着ですよ。これ」

「そうだったかー。でもしっぽあなをあけるぐらい、たいした手間じゃない」

「そうですね。でも、尻尾穴をあけると、買取り価格が下がりますから」

「な、なるほど……」

男爵は富裕だと聞いていている。

男爵にとって、買取り価格など大した額ではないはずだ。

些細な額を惜しむほど、サラを疎んでいたのだろう。

「むむう」

改めて腹が立つ。

「それにこの服、普段は着せられていないと思いますよ。奥方様がおいでになったから特別かと」

普段はもっとボロボロの粗末な服を着ていたのかもしれない。

前世のあたしもボロボロの服を着ていたものだ。

「ふむー。かあさまに、サラの服のことつたえてほしい」

「わかっておりますよ。もう奥方様は動いておいでてでしょう」

隔離中だから、誂（あつら）えることはできないが、今よりましな服を用意してくれるに違いない。

あたしたちが部屋に入ると、侍女は寝台にそっとサラを寝かせる。

あたしは、そのサラの枕元に棒人形を置いた。

格好いい棒は寝台の下に置く。敵が来たときにすぐとれるようにだ。

「お嬢様。先ほどから気になっていたのですが、それは……」

「かっこいい棒だ」

「いえ、そっちではなく……」

侍女はサラの棒人形を指さした。

「サラのたいせつな人形だ」

「人形、でございますか？」

あたしは寝ているサラを起こさないように声を潜める。

「ルリアがサラのへやにはいったとき、サラはこの人形をだきしめていた」

それは、ただの木の棒に布を巻いたものだ。

上下に少しずれて生えている小枝が腕のように見えなくもないただの棒だ。

「そうだったのですね」

「ぬいぐるみとか、あげたらよろこぶかもしれない」

「そうですね」

「でも、この人形もたいせつ」

この粗末な人形は、つらかったときのサラを支えた大切な物だ。

だから、大切に扱わなければならない。

あたしは寝台に入ってサラの隣で横になった。

キャロはサラの顔の近くで二本足で立って警戒を始める。

「ルリアもねる」

「絵本でも――」

「だいじょうぶ」

あたしは絵本を読もうという侍女のありがたい申し出を断った。

そして、目をつぶって寝たふりをする。

侍女はいそがしいのだから。

それに、サラが寝ている間に、クロから色々と話を聞かねばならないのだから。

狸寝入りをしたつもりのルリアが本気で眠りかけている頃。

「めぇ〜〜」

「ぶぼおお」「もおぉぉ」

大公家の近くの小さな森でこっそり暮らしていた守護獣たちは会議を開いていた。

「ちゅっちゅ（ルリア様はこっちに戻らず湖の方にいくんだって〜）」

雀の守護獣から教えられた守護獣たちはルリアを追いかけたくなった。

だが、ヤギも猪も牛も体が大きすぎるので、どうしても目立ってしまう。

「もおお（目立ちすぎるから小さな者を送るべきではないか）」

「ぶぼお！（万一のことが起こったら小さな者たちでは対処しきれない！）」

「……めぇぇぇぇ〜（……我らの存在がバレなければよい）」

白熱した議論は、リーダーであるヤギの言葉でまとまった。

ヤギも猪も牛も、ルリアのそばに行きたいのは同じだったのだ。

（……めえ）（……ぶぼ）（……もぉ）

そして、三頭とも心の中で、いっそのこと、ルリアにばれてもいいと思っていた。

ルリアに声をかけてもらいたいし、撫でてもらいたいという思いは年々強くなっていたのだ。

もちろん、三頭とも良識ある守護獣なので口には出さない。

目立つべきではないし、ルリアだけならともかく大人たちにバレたら騒ぎになりかねない。

だが、こっそり会えたら嬉しいな。そんな思いだった。

それから三頭の守護獣はどうやって湖畔の別邸にこっそり移動するかを話し合い始めた。

男爵邸からの帰り道にアマーリアが馬車の中で認めた手紙は、すぐグラーフのもとに届いた。

それは、ルリアたちが湖畔の別邸に到着する前のことだ。

「な、なんということだ……」

手紙を読んだグラーフは一瞬で色々なことを考えた。

アマーリアとルリアのこと。マリオンと保護したサラのこと。そして愚かなる男爵のこと。

半秒、狼狽し、怒り、悲しんだが、

「旦那様、いかがなさいましたか？」

執事の声で平静を取り戻し、アマーリアの手紙を執事に渡す。

「アマーリアとルリア、そしてサラは、別邸に向かった。不便なく過ごせるよう準備を頼む」

「畏まりました」

「従者を十人送るように。もちろん――」

「感染しないように気を付けます」

いくら妻と娘を守るためでも、従者を感染させるわけにはいかない。

「予算はいかほど？」

「存分に使え。大工の者たちにも無理を言うからな。その分払わねばなるまい」

「畏まりました。それでは、行ってまいります」

執事はすぐに動き出す。

アマーリアたちが別邸で快適に、そして安全に過ごすための手配をするためだ。

そして、グラーフは部屋を出て、そのまま書斎へと向かう。

グラーフが書斎に入ると、

「あ、父上」

ギルベルトが笑顔で本を選んでいた。

ギルベルトの後ろにいるリディアは真剣な顔でうなっており、グラーフに気づいていない。

リディアの隣にはコルコがいて、コルコはしっかりとグラーフを見つめていた。

「サラとルリアに読んであげる絵本を選んでいました。父上はどちらがいいと思われますか？」

「そのことについて、話があるのだが……。リディア？」

「…………」

「リディア？」

「こっ」

「……え？　あ、お父様。いつのまにいらっしゃったのですか？」

コルコに優しくつつかれて、初めてリディアはグラーフに気づいた。

「随分と集中していたみたいだね」

「はい。サラとルリアが一緒に遊ぶためのおもちゃを綺麗にしていたのです」

「おもちゃを？」

「はい。ルリアに任せたら……剣術の訓練をするなどと言いだしかねませんから」

その姿はグラーフも容易に思い浮かべることができた。

「ルリアなら言いかねないね」

「そうなのです」「こ〜」

リディアは、ままごと用の木の人形や家具類などを布で拭いて綺麗にしていたようだ。

「ルリアは、あまり興味を示さなくて」

そう言って、リディアは少し寂しそうに笑う。

もしかしたら、ルリアとままごとをして遊んであげたかったのかもしれない。

「動物の人形もありますから、ルリアも楽しめるかも……」

昔はなかった木を彫って作った犬や牛、ヤギも用意されていた。

それはリディアがルリアのために用意したものだ。

「私が小さい頃に遊んでいたおもちゃで遊んでもらって、サラの好みを探ろうと思ったのです」

そう言って、リディアは嬉しそうに微笑んだ。

サラを猶子(ゆうし)とすることは、前日、ギルベルトとリディアには知らされていた。

知らなかったのは、ルリアだけだ。

ルリアに知らされなかった理由は、当日男爵邸に出向くからだ。

猶子とすることを説明する際にはサラの現状も説明しなくてはならなくなる。

そうなれば、ルリアは男爵に対して平静ではいられないだろう。

ルリアが激昂すれば、計画に支障が出かねない。

全てうまくいってから「もう大丈夫」と言ってあげようとグラーフは考えていたのだ。

「サラのことだが……こちらに来るのが五日ほど遅れることになった」

「な、なぜです？　男爵閣下が難色を示したのですか？」「どうしてですか？」

「二人とも落ち着きなさい」

グラーフは子供たちを落ち着かせると、赤痘の濃厚接触者になったことについて説明する。

「ル、ルリア。ああ……精霊よ、どうして……」

赤痘と聞いて、ギルベルトは顔を青くして、精霊に祈った。

「ああ、なんて、なんてこと……お母様、ルリア……」

リディアは泣いた。

「こぅ～～」

コルコはそんなリディアを慰めるように体を押し付ける。

そうしてから、コルコは突然走り出し、部屋の外へと出て行った。

コルコは湖畔の別邸に向かうために頭を動かし始めた。
『たいへんだ！』『こはんのべっていって、どこ？』『るりあさまー』
コルコにくっついて幼い精霊も移動を開始した。
もちろん、精霊たちの様子はグラーフたちには伝わらない。
グラーフは子供たちを抱きしめる。
「きっと大丈夫だ。発症するとは限らない。発症してもすぐに医者を派遣する」
「はい、父上」「はい」
「大丈夫。大丈夫だ」
グラーフは自分自身に言い聞かせるかのように、大丈夫を繰り返した。
しばらく抱き合った後、グラーフたちは動き出す。
ギルベルトとリディアは、ルリアたちに贈る物を選び始め、手紙を認めた。
そして、グラーフは様々な手配を開始する。
湖畔の別邸で、ルリアたちが不便なく安全に暮らすための手配。
湖畔の別邸とマリオンに対しての医者の手配。
男爵が発症した病が本当に赤痘かの調査。
そして、唯一神の教会の大司教に対して呪いの調査を指示する。
そう、グラーフは呪いの可能性があることにも気づいてはいたのだ。

ルリアとサラが仲良くお昼寝をしていた頃。

唯一神の教会、ヴァロア教区大司教サウロは、グラーフからの手紙を受け取った。

マリオンが男爵によって呪いをかけられた可能性はないか。そう尋ねる手紙だ。

「ふむ。呪いの可能性か。『南の荒れ地の魔女』はどうしている？」

サウロは側近の司祭に尋ねた。

実は五年前、アマーリアに呪いをかけたのが「南の荒れ地の魔女」という集団だった。

まだルリアが「だうだう」言っている頃、グラーフは「南の荒れ地の魔女」を壊滅寸前にした。

だが、降伏した「南の荒れ地の魔女」を、グラーフは滅ぼしはしなかった。

呪術師の集団は、小さい物も含めれば無数にあり、全て壊滅させることは難しい。

それゆえ、他の呪術師集団を牽制し、情報を集めやすくするために傘下に加えたのだ。

蛇の道は蛇ということだ。

「『南』は命令に従い大人しくしています。ここ五年は我が国では活動しておりません」

もちろん、大司教もグラーフも、「南の荒れ地の魔女」が逆らう可能性を忘れてはいない。

常に監視を付けている。

「『南』ではないのならば、『東の森の魔女』か『北の沼地の魔女』か『西の山の魔女』か」

呪術師の集団は、なぜか魔女と名乗る。

この国に大きな集団は全部で四つあり、それぞれ東西南北を冠しているのだ。

『南』に、ディディエ男爵の奥方に呪いをかけた者に心当たりがないか尋ねろ」

「御意」

「……呪いであれば、赤痘ではないゆえ幸いだが……呪いとは考えにくいか？」

グラーフが手勢を率いて「南の荒れ地の魔女」を壊滅させたことは噂になった。

グラーフのあまりの苛烈さと強さについて知らない者は裏社会にはいない。

呪術師集団を壊滅させただけでなく、依頼者の公爵と大司教も不審な死を遂げている。

それによって、グラーフは我が身内に呪いをかけるならば、死を覚悟せよとアピールしたのだ。

「依頼されても引き受ける『魔女』がいるとは思えぬ」

呪いではない。となれば、男爵は本当に赤痘を発症したのだ。

つまり、ルリアが赤痘を発症する可能性はそれなりにある。

「大至急、赤痘を診ることのできる治癒術師の名簿を、大公殿下にお送りしなさい」

「御意」

赤痘は、一度罹かれば二度と罹らない。

だから、かつて赤痘に罹り生き延びた治癒術師は赤痘を診ることができるのだ。

「……神よ、ルリア様をお守りください」

ルリア様は神に愛されている。だから、あえて祈るまでもない。

そうサウロは思っているが、祈らずにはいられなかった。

二章　五歳のルリアと可愛いサラ

あたしはサラを見る。サラはすやすやと眠っている。

侍女が部屋を出て行ったことをキャロが教えてくれなかったら、寝てしまうところだった。

危ない。寝かけていた。

「……はっ！　いったのだな？」

「きゅ」

「……クロ」

『呼んだのだ？』

クロが天井からにゅっと現われて降りてくる。

あたしはクロを抱きしめて、優しく撫でた。

「うむ。クロには色々ときくことがある」

『なんでもきいていいのだ。答えられるかはわからないのだけど』

聞かねばならぬことはいくつもある。

だが、まずはマリオンの状態について知りたい。

「マリオンは……だいじょうぶなのか？」

『大丈夫なのだ。呪いは解けたし、ルリアさまの治癒魔法で体のダメージも回復したし』

「それならいい」

『あとは疲労回復を待つばかりなのだ。きっとすぐに会いに来るのだ』

それならば安心だ。サラも喜ぶだろう。

あたしはサラの頭を優しく撫でる。サラの髪は柔らかかった。

「そういえば、どうしておしえてくれなかった？」

『マリオンの病気の正体が呪いということを？』

「そう。守護獣たちは、きづいたはず」

守護獣たちは、呪者の天敵のような存在らしい。

ならば、当然呪いについても詳しいだろう。

『うん。気づいていたし、ぼくにも報告してくれたけど……』

「なら、おしえてくれてもいいのに」

『呪いだと知れば、ルリア様は、無茶をしてでも解呪にむかうに違いないのだ』

「それは……そうかもしれない」

『無茶をしたら、ルリア様が危険な状態に陥りかねないのだ』

「ふむう。ておくれになるかもしれなかった」

クロは頷いただけで言い訳をしなかった。

きっと、手遅れになることも覚悟したうえで言わなかったのだ。

『ルリア様、怒った？』

「すこしな」

『ごめんなさい』

「クロがルリアのことをかんがえてくれたのはわかっている」

手遅れになりそうだった。

加えてあたしならば解くことのできる、いやあたしにしか解くことのできない呪いが原因だ。

それを知れば、あたしは夜にでも部屋を抜け出し、ダーウの背に乗って駆け出しただろう。

そんな危険なことはさせられないと、クロは思ったのだ。

「でも、これからはそうだんしよう？」

『うん』

「ルリアもクロとそうだんする」

『うん。ごめんね』

「いいよ。もうおこってない。それにクロありがと」

あたしはクロの頭をわしわしと撫でた。

クロの自慢の二本の尻尾がゆったりと動いた。

まだ、クロには聞かなければならないことがある。

「それで、呪いってなんなの？」

『ぼくたちも詳しくはわかっていないのだけど……』

そう前置きしてクロは話し始める。

『精霊から力を借りるのが魔法なら、呪者から力を借りるのが呪いなのだ』

「ふむ？」

『本当にぼくもよくわかっていないのだけど……』

もう一度よくわかっていないと繰り返してから、クロは説明してくれた。

どうやら、古より呪術を継承している呪術師の集団があるらしい。

「そんなあやしいやつに、だんしゃくはいらいしたの？」

『そうなのだ』

「呪いがえしってのは？」

『呪いっていうのは、解除されたり返されると術者に向かうのだ』

「ふむ？　じゅじゅつしが呪われないのか？」

依頼者が男爵でも、呪いをかけたのは呪術師である。

ならば、当然、呪いは呪術師に向かうだろう。

『そうなのだけど、呪術師は呪い返しを依頼者に向ける技術を持っているらしいのだ』

「うらぎりぼうし？」

『きっとそうなのだ』

解呪されたら、依頼人に呪いが返るなら、依頼人は呪いを成功させせなければならなくなる。

「かいじゅの方法は、いっぱんにしられてるの？」

『教会の高位聖職者ならたまにできるのだ』

「あいつらかー」

唯一神の教会の聖職者は、独自の技術を持っているらしい。

その解呪の技術を悪用して、呪力で精霊を拘束する技術も編み出したのかもしれない。

毒と薬は紙一重みたいなものだろう。

「ふむ。ということは……」

母の呪いが解けた後、誰かが呪い返しを食らったのだろうか。

とはいえ、それはもう五年も前の話。

父はきっと調べて、報復しているに違いない。

五年前のことより、今のことが気になる。

「ルリアがしんぱいなのは、二百年前のわざを、じゅじゅつしがもっているかもってこと」

『精霊の拘束術だね』

「そうそう」

『それは多分大丈夫。絶対ではないのだけど』

それならばだいぶ安心だ。

『拘束術と呪術は、同じ呪力を使うとはいえ、治癒魔法と攻撃魔法ぐらい違うのだ』

「なるほど？」

攻撃魔法と治癒魔法は、両方とも魔力を使うが、技術が全く違う。

同じく筋力使うといっても腕相撲と徒競走がぜんぜん違うのと同じ。

両方で一流になるのは、ほとんど無理だ。

攻撃魔法と治癒魔法の両方を一流の水準で使えた前世のあたしは例外的な存在なのだ。

「じゅじゅつしは、じゅじゅつしかつかわないの？」

『基本的にはそうなのだ。絶対ではないのだけど』

「きょうかいは？」

解呪技術を持つという唯一神の教会が、拘束技術を持っていないかが心配だ。

実際に二百年前には拘束術を持っていたのだから。

『現代の唯一神の教会も拘束術は持っていないのだ』

「それなら、ひとまずはあんしん」

あたしはクロの目をじっと見る。

「クロ。ルリアは、ぜんせとはちがう」

『うん、知っているのだ』

「もし、なにか困ったことがあったらおしえてほしい」

『わかったのだ』

「ルリアは幼児だが、とうさまも、かあさまもたよりになる」

『ありがとうなのだ』

クロに教えてもらったことで、色々とわかった。

呪術師の存在は気になるが、精霊拘束術が使えないならば、ひとまずは安心だ。

安心したら眠くなる。

「クロもおひるねしよ」

『クロは精霊だから、お昼寝しなくてもいいのだ！』

「そんなことない」

あたしはクロを抱っこして、布団の中に入れた。

「キャロも寝ような」

「きゅっきゅ！」

「見張りもたいせつだけど、キャロもねないとおおきくなれない」

キャロも抱っこして布団の中に入れる。

「あったかい」

あたしは寝ているサラの頭を撫でるとぎゅっと抱きしめて、眠りに落ちた。

◇◇◇◇

「ぴぃー」

「いいこいいこ」

「ふんふん」

「ダーウはかわいいね。えへ、へへへ」

あたしはサラに甘えるダーウの声で目を覚ました。

ダーウは寝台にあがって、サラの横で仰向けになって、お腹を撫でられていた。

あたしたちが昼寝している間にダーウは散歩から戻ってきたようだった。

「いいこいいこ」

「ぴぃぃ」

サラとダーウが仲よさそうでなによりだ。

あたしは嬉しくなって、そんなサラの様子を寝たふりをして眺めていた。

薄目を開けて、さりげなくだ。

キャロはいつものようにヘッドボードに直立して見張りの任についている。

先ほど、精霊だから昼寝しなくていいと言ったクロはダーウの近くで丸くなって眠っていた。

やはり精霊も寝るのだ。

前世の精霊王ロアも、あたしと一緒に眠っていたものだ。

あたしが前世の数少ない温かい記憶を思い出していると、

「キャロもかわいいね」

「きゅ～」

サラはヘッドボードのキャロのことを撫でる。

キャロはどや顔で、嬉しそうな声で鳴いた。

それからサラは自然な仕草で、

「あなたはとてもきれいね。いいこいいこ」

クロのことも撫でた。

「っ！」

なぜサラはクロのことを撫でられるのか。普通の人は精霊を撫でられないはずなのに。

そう思ってあたしは薄目のまま確認した。

「いいこ、いいこ」

よく見ると、サラはクロの体の表面を撫でているようで、そうではなかった。

サラの手はクロの体から微妙に離れている。恐らくぼんやりと姿が見えているのだ。

「サラっ！」

「…………」

驚いたサラが固まった。

「すまぬ、サラ。おどろかせた。……だいじょうぶ？」

「……だ、だいじょうぶ。えへ、へへ……」

誤魔化すようにサラが笑う。

「サラにはどんなふうにみえているの？」

「……なにもみえない」

「ほんとう？」

「み、みえない。ごめんなさい」

サラはまるで叱られたかのようだ。

サラの尻尾が、もぞっと動いて股の間に挟まった。

目を覚ましたクロは無言のまま、心配そうにサラのことを見つめている。

あたしにも見えていると伝えたつもりの質問だったが、怯えたサラは真意に気づかなかった。

ごめんなさいと謝りつづける。

まずは落ち着かせて安心させてあげたい。

「サラ、おこってないよ」

「……ごめんなさいごめんなさい」

耳がぺたんとなって、ぷるぷると震えている。

そんなサラの顔をダーウが勇気づけるかのようにベロベロと舐めた。

あたしもサラの頭を優しく撫でた。

「ほんとうに、ルリアはおこってない」

「……」

「サラ、ここだけのはなしな？　……ルリアにもみえてる」

重大な秘密を打ち明けるように、あたしはサラの耳元で囁いた。

すると、サラは驚いて目を見開いて、あたしの顔をじっと見た。

あたしはサラの目をじっと見つめかえす。

「だから、ルリアにはかくさなくていい」

「ほんと？」

「ほんと」

そう言うとサラはやっと安心したようだ。

股に挟まっていた尻尾がゆっくりと動く。

「じつは、かあさまにも、いってない。ひみつな？」

「わかった。ひみつ」「わう」

サラは真剣な表情でコクコクと頷く。なぜか、ダーウまで真剣な表情で頷いていた。

サラはきっと精霊が見えると言って怒られたことがあるのだろう。

クロがいつもあたしに言っていることだ。

人はおかしな物が見える子供を恐れ、気味悪いと思う。

恐ろしくて気味の悪い子供は叱られるのだ。

男爵とその愛人ならば、叱るときに暴力を振るったかもしれない。

あたしは、思わずサラのことをギュッと抱きしめた。

「ルリア様？」

「ん。サラのことを抱っこしたくなった。サラはいもうとだからな？」

「いもうとは、だっこされるの？」

「される。ねーさまとにーさまもルリアを抱っこする」

姉や兄は妹のことを抱っこするものなのだ。

ぎゅっと抱っこしていると、サラの尻尾がバサリと揺れた。

「えへ、へへへ」

そして、笑ってくれた。

「サラには、どんなふうにみえているの？」

先ほど同じ質問を再びした。

「えっとね。ぼんやりした光のたまがみえるの」

「ほほう？　この子も？」

あたしはクロを指さした。

クロは無言のまま、尻尾を揺らす。

「この子は、光がつよいの。すごくきれい。ルリア様には？」

「ルリアには、くろいねこにみえる」

「ねこ！」

サラの尻尾がバサバサ揺れる。

サラは猫が好きらしい。猫はかわいいので気持ちはわかる。

「しっぽがにほんあって」

「にほん！　すごい！」

「はねがはえている」

「は、はね？　とりみたいな？」

サラの目が輝いた。

「そう。とりみたいな」

「すごい！　ねこなのに？」

「そう。ねこなのに」

「すごいすごい！」

サラがはしゃぐので、クロは照れくさそうにしている。

「クロ、てれてないで、はなして」

『て、照れてないのだ。話すのはいいけど、声は聞こえないと思うのだ』

「サラ。クロの声、きこえた？」

「んーん。きこえない」

どうやら、サラには精霊の声は聞こえず、姿がぼんやり見えるだけらしい。

話せなくとも、紹介はしておくべきだ。

「ふむう。サラ。しょうかいしておくな？　この光っている子はクロっていう」

「くろ……。クロちゃん？」

「そう、クロちゃん。クロちゃんにふれることはできる？」

「できない。でもあったかいきがするの」

サラはクロの近くで撫でるように手を動かした。

「ほむほむ？　クロ。どういうしくみ？」

『わかんないのだ。でも、精霊が見える子はごくたまにいるのだ』

「そっかー」

『大人になるにつれて、見えなくなったりするのだけど』

「なるほど？」

『見える子は、精霊との相性がとてもいいから、すごく優秀な魔導師になれる素質があるのだ』

「なるほど、なるほど？」

あたしがクロと話していると、サラに袖を引っ張られた。

「ルリア様は、クロとはなせるの？」

「じつは、……はなせる」

「ふわぁ。いいなぁ」

サラが尊敬のまなざしであたしを見つめてくる。

姉として誇らしい気分になる。

「ふふん」

「すごい」

「あ、みんなには、ないしょな？」

「わかった。ないしょ。えへへ、へへ」「わぅわぅ」

サラは嬉しそうに、ダーウは真剣な表情でうんうんと頷いた。

ダーウはよくわからずに、サラの真似をしているだけかもしれなかった。

『るりあさまー』『わーわー』『あそぼー』

そのとき、幼い精霊たちが寝台の下から、三体同時にぽんと現われた。

「わわっ」

サラが驚き、その精霊たちに手を伸ばす。

だが、当然のように摑むことはできない。

あたしはその幼い精霊たちを優しく撫でる。

幼いといってもクロと比べてだ。

話せるということは、それだけでかなり強い精霊ではあるのだ。

『きゃっきゃ』

「きちゃったの？」

『きたー』『わーわー』『あそぼー』

「まったく。こどもなのだから」

そんなことを話していると、サラがキラキラと目を輝かせてあたしを見た。

「ルリア様、この子たちとも話せるの？」

「話せる」

「すごい！」

「へ……へへ」

尊敬のまなざしで見つめられると、照れてしまう。

「ルリア様、この子たちは、どういうかっこうしているの？」

「サラには、この子たちはどうみえてるの？」

「クロよりぼんやりした、ちいさめの、光のたま」

「なるほどー」

「ルリア様には？」

「サラとおなじ」

小さな精霊の見え方は、あたしと大差はないようだ。


それから、あたしたちは寝台を出て精霊投げをして遊んだ。

「いくよ」

「あい」「わふ」「きゃふ」

サラとダーウ、キャロが横一列に並ぶ。

「ほい」

『とんでるー』『きゃっきゃ』

あたしが小さな精霊を摑んで投げると、

「わわっ」「ばうばう！」「きゅる」

サラとダーウ、キャロが追いかける。

「わふわふわふ！」『きゃっきゃっきゃ』

体の大きさを活かして、ダーウが精霊に真っ先に追いついて口で咥えて、どや顔をする。

ダーウがとったのはこれで五回連続である。

「ダーウはやい」「きゃる」

サラとキャロはしょんぼりしている。

「ダーウ。こっちこい」

「わふ？」

あたしはダーウを部屋の隅に連れて行く。

「すこしは、かげんするの！」

「わふわふ！」『きゃっきゃ』

ダーウが吠えると、咥えられた精霊は嬉しそうにはしゃぐ。

振動が楽しいらしい。

「サラとキャロもつかまえられないとかわいそうでしょ！」

「わふ？」『きゃっ』

ダーウはよくわかっていなそうだ。

「わふわふ〜」

咥えた精霊をあたしに見せつけて「褒めて褒めて」と言っている。

ダーウは褒められると信じ切っていた。

「そんな目をされると……しかりにくい」

「わふ？」

「ダーウは、はやくてすごいな？」

「わふ～」

あたしはダーウを褒めて頭を撫でまくった。

それから、ダーウと一緒に、サラたちの近くに戻って宣言した。

「るーるをかえる！」

「かえるの？」

「そう。サラがさわった精霊をキャロがダーウにわたす」

「うん」「わふ」「きゅる」

そもそも、サラは精霊を持ったりできなかった。反省しなくてはなるまい。

「ダーウは口をつかわずに、あたしのところに精霊をはこぶ」

「わふ？」

ダーウは「何を言っているの？」と首をかしげている。

口だけの説明では難しかったようだ。

「つまり、こう」

あたしは、上を向くと精霊の一体をおでこに乗せて、部屋の中を走った。

「こんなふうに！　口でくわえないではこぶ！」

「わふ～」

「ダーウ。ためしにやってみるといい」

そう言って、ダーウの頭の上に精霊を乗せると、数歩離れる。

「ダーウ、ルリアのところまではこんで」

「わふ……わふ！」

ダーウが歩き出すと、すぐに精霊が落ちかける。

ダーウは落ちそうになった精霊を鼻先でぽんと跳ね上げて、床に落ちないようにしている。

『きゃっきゃ』

何度もダーウの鼻で跳ね上げられて、精霊はほんとうに楽しそうにはしゃいでいた。

「わふう～」

苦労しながら、ダーウはあたしのもとまで精霊を運びきった。

「むずかしかろ？」

「ダーウすごいな？」

「わふ～」

ダーウは誇らしげだ。

「精霊獲ってこいゲーム」は、ダーウには簡単すぎたといえるだろう。

その点、口を使わずに運ぶ遊びだとダーウにとってもほどよい難易度だ。

「じゃあ、いくよー」

「うん！」「きゃう」「わうわう！」

それから、あたしはサラたちと一緒にしばらくの間「精霊を運ぶゲーム」をして遊んだのだった。


しばらく「精霊を運ぶゲーム」で遊んでいると、部屋が狭く感じた。

「そとにでたら、しかられるものなー？」

「わふ」

仕方ないので、あたしは部屋の周囲を走り回りながら、対角線上に精霊を投げる。

それに応じて、サラもあたしの対角線上を走った。

そんなことをしていると、じんわりと汗ばんでくる。

途中から、複数の精霊を連続で投げたりしたから、余計に疲れた。

走りながらあたしが投げる精霊に、サラは足を止めずに、素早い動きで次々に触れていく。

サラが触れた精霊を、サラと並走するキャロが摑んでぽんと上に浮かせる。

するとダーウが精霊を鼻先でポンポンと跳ねさせて、あたしに向かって投げ返すのだ。

あたしは、ダーウから投げ返された精霊を、再び投げる。

その様子をクロは部屋の真ん中に浮いて見守ってくれていた。

汗だくになって、走り回っていると、

「お嬢様がた、夕食の準備が……」

侍女が夜ご飯だと呼びに来てくれた。

侍女は走り回るあたしとサラとダーウたちを見て、一瞬固まった。

「サラ、ご飯だって！」

「うん！」

「はっ、はふっ、はっ」

ダーウはご飯と聞いて、侍女の周りをぐるぐると回り始めた。

尻尾がものすごい勢いで揺れている。

キャロは素早くあたしの肩の上に乗った。

はやく食堂に行こうと、無言で主張していた。

ダーウもキャロもお腹が空いていたらしい。

「ほんとうにお嬢様がたはお元気ですねぇ」

「うむ。ほんとうはそとで、はしれたらいいのだけどなー」

「お外は危ないですからね」

「うむ。しかたない」

あたしはサラと手をつないで、侍女の後ろをついていく。

サラは部屋を出る前に寝台から棒人形を取って大事にしっかり握っていた。

「……みんなは？」

歩きながら、サラがあたしに耳打ちする。

先ほどまで一緒に遊んでいたクロと精霊たちは、侍女が顔を見せた瞬間に隠れていた。

「みんな、かくれるのがはやい」

「そっか」

「いつものこと、しんぱいしなくていい」

「わかった」

サラは精霊たちが急に消えて、不安になったらしい。

「お腹がすいたな？」

「うん。すいたの」

「サラはなにが好きなの？」

「おにく」「わふわふ」

ダーウが自分も肉が好きだとアピールしていた。

あたしたちが食堂に入ると、

「こっこう」

なぜかコルコがいた。

コルコはあたしを見て走ってくる。

「コルコ！　どうしてここに？」

「こうこう」

コルコは甘えるようにあたしに体を押しつけてくる。

そんなコルコをぎゅっと抱きしめて、優しく撫でた。

既に食堂にいた母が、

「こっそり食事を運ぶ荷馬車に乗っていて、降ろそうとしても頑として降りなかったらしいの」

「そうなのかー」

「コルコは、ルリアがしばらくお屋敷に戻ってこないことに気がついたのね」

「コルコ、きてくれてありがとうな」

「こぅ〜」

コルコはあたしに甘えた後、サラを見て首をかしげる。

「サラ、このこはコルコだ！　ルリアのともだちだ」

「にわとり？」

「そう、にわとりだ！」

「こっこ」

「コルコ、サラです。よろしくなの」

そう言って、サラはコルコのことを撫でる。

「こぅ」

サラに撫でられて、コルコは気持ちよさそうに目をつぶった。

「コルコも、こっちにやってきたなら、ルリアのへやにきたらよかったのにな」

「こぅ〜」

「コルコは家の中と周囲をぐるぐる回ってたみたいよ」

母が、コルコが働いていたことを教えてくれた。

「そっか。みまわりしてくれてたの？」

「こぅ」

「ありがとうな」

「ここ」

コルコを撫でてから、みんなでご飯だ。

いつもと違いテーブルに全部のお皿が並べられていた。

侍女が一人しかいないので、順番に出すことができないからだ。

「ルリアもサラも……。ずいぶんと……汗だくね？」

「あそんでたからな？　な、サラ」

「うん、あそびましたなの」

サラはまだ母相手には少し緊張しているようだ。口調が少し変だ。

「風邪を引くから、本当は先にお風呂に入った方がいいのだろうけど……」

「おなかすいた！」

「そうね、折角のご飯が冷めてしまうし、食後すぐにお風呂ね。お願いできるかしら」

「畏まりました」

母の指示で侍女はお風呂の準備をしに向かった。

あたしとサラは、母の向かいに並んで座る。

「ルリア。サラ。今日はいつものように侍女たちが全部やってくれるわけではありません」

「わかってる」「はい」

「できることは自分でしましょうね」

「わかった」「はい」

あたしはまずパンを食べる。

「うまい。なにもつけなくてもうまい。サラは、じゃむぬる？」

「ぬる」

「ん」

あたしはサラのパンにジャムを塗る。

「たべるといい、ジャムをつけてもうまい」

「ありがと……おいしい」

パンを口にしたサラの尻尾がばさばさと揺れた。

「パンがなー。うまいのだなー」

この時代のパンが美味しいのか、大公家のパンが美味しいのか、それはわからない。

だが、前世に比べて、とにかく美味しい。

今日のパンは丸くて小さなパンだ。

バターと小麦の香りとほんのりした甘さが口の中に広がる。

「くろわっさんっていうのもうまい。そのうちでる」

「たのしみ。えへへ」

サラが両手で小さなパンを摑んで、一個もぐもぐしている間に、あたしは三個食べた。

一個はそのまま、二個目はバターを塗って、三個目はジャムを塗って食べた。

「サラ、このスプーンをつかうと、スープが飲みやすい！」

「うん」

サラがスープをこぼしたので、あたしが拭く。

サラは幼いのでこぼすのは仕方がないことだ。

だから、姉として、面倒をみなくてはならない。

リディアねーさまも、よくあたしにこうしてくれたものだ。

「このおにくは、ほねがついているけど、ほねはむりにたべなくていい」

「うん」

サラの口元が汚れたので、ナプキンで拭く。

姉だから当然のことだ。

以前、骨を歯でかち割って、中身を食べようとしたら、そこまでしなくていいと教えられたのだ。

「ルリア。普通は骨をかみ砕いて食べようとはしないわよ？」

母はそう言って、微笑んでいた。

「わふぅ」

自分のご飯を食べ終わったダーウが、あたしの膝の上に顎を乗せる。

「だめ！　ほねはあげない」

「きゅーん」

「しょっぱいからだめ！」

「ぴぃー」

ダーウは甘えるがダメなものはだめである。

以前、ダーウに骨をあげようとしたら、母に言われたのだ。

人間にとって美味しい味付けは、犬にとっては濃すぎるらしい。

それに、味付けされてない骨は屋敷にはたくさんある。

ダーウはそっちを食べればいい。

「ダーウは、じぶんのぶんをたべたでしょ」

「きゅーん」

あたしから骨を貰えないとわかると、ダーウはサラの膝の上に顎を乗せに行く。

「サラ、心をおににするの」

「わか、わかった。がんばる」

しばらくサラに甘えた後、諦めたのか、ダーウはあたしの足元で伏せをする。

骨を貰えなくて、少し拗ねているようにも見えた。

一方、キャロとコルコは、ご飯を食べ終わると、あたしの足元で行儀良く大人しくしていた。

サラはあたしの三分の一ぐらいしか食べてないのに、食事の手を止めた。

「サラ、もっと食べるといい」

「ありがと、でもおなかいっぱい。えへへ」

本当だろうか。遠慮してないだろうか。

あたしは、肉をバクバク食べる合間に、サラの口を拭いた。

サラは幼いので、すぐに口のまわりが汚れてしまうのだ。

「ほんとうに、えんりょしなくていい。まだあるし」

「だいじょうぶ、ありがと」

「ルリア。普通の五歳児はそのぐらいよ?」

サラはずいぶんと小食らしい。

「そうなの?」

「ええ。リディアも、ギルベルトもサラぐらいしか食べなかったわ」

「……しょうしょく?」

「というよりも、ルリアがたくさん食べると言ったほうがいいわね」

「ふむー」

みんなが小食なのか、あたしが大食なのか。

なかなか結論が出ない問題だと思う。

「サラ。全部食べなくていいわよ。食べ過ぎたら、お腹がいたくなるもの」

「あい」

「ルリア基準で用意してあるから、全部食べられなくても当然よ。気にしないでね」

「あい」

「ふむ～」

サラに見守られながら、あたしはバクバク食べる。

「サラはのこしてもいい。のこしたらあたしがたべるからなー。あねとして？」

「あねとして？」

サラはきょとんとして首をかしげる。かわいい。

「そう、あねとして」

「リディアは、ルリアの残したものを食べたりしないわよ？」

「ふむー？」

それも難しい問題だ。そもそもあたしは残さないのだ。

だから姉は、たまたま、あたしが残したものを食べなかっただけかもしれなかった。

食事が終わり、後片付けを始める。

いつもは侍女が全部やってくれるのだが、今日は一人しかいないので、できることは全部やる。

「いっしょにはこぶの」

「ありがとうございます。サラお嬢様」

戻ってきてくれた侍女と一緒に、サラがお皿を載せたカートを押して廊下に出て行く。

「ルリアも……」

「ルリアは少し待って」

サラを追いかけようとして、母に止められた。

「サラは、カート運びを手伝ってあげてね」

サラが歩いて行くのを確認すると、母はこちらに来て屈んであたしと視線をあわせた。

「ルリア、サラの面倒を見てあげてえらかったわね」

「姉だからなー」

母に褒められると、照れる。

「でも、ルリア……」

「む？」

母に口の周りを拭かれてしまった。

母はあたしの口周りを拭いた後、テーブルの上も拭いた。

いつも侍女がしてくれることだが、今日は侍女の数が少ないので母がしてくれるのだ。

「よごれてたかー。きづかなかった」

「もう、サラの何倍も汚れてたわよ」

ほんとうに気づかなかった。

冷静になって、服を見ると、サラの服よりあたしの服の方が汚れていた。

「それにルリア。床を見て」

母に言われて、あたしは床を見た。

キャロとコルコが大人しくしている。

そして、ダーウはお腹がいっぱいになったからか眠っていた。

「む？　きれいだな？」

「キャロとコルコが、ルリアの落としたものを食べていたわ」

「え？」

あたしがキャロとコルコを見ると、

「…………」

目をそらされた。

やけに大人しいと思ったら、そんなことをしていたのか。

「床を掃除する手間が省けるから、いいのだけど」

「むう。きょうはじじょがすくないからな？」

キャロとコルコは気を遣ったのだろうと思ったのだが、

「いつもよ。いつも。本邸にいるときもよ」

「そ、そうだったかー」

「そろそろ、ルリアは床にこぼさない食べ方を練習した方が良いかもしれないわね」

「むむう」

「きゅいきゅ」「こぅ」

キャロとコルコは、そんな練習しなくていいと言っている。

だが、姉としての沽券に関わる。

明日からはもっときれいに食べようと思った。


母とのお話しが終わった後、あたしと母もキッチンに食器を運んだ。

正確にはキッチンの手前までだ。

キッチンは、本邸の使用人が訪れるかもしれないので、あたしたちは入ったら駄目なのだ。

その後、母は侍女に何か用事を頼んだ後、あたしとサラに言う。

「さて、お風呂に入りましょうか」

「おふろ！」

「別邸には大きなおふろがあるのよ」

「ほほー」

探索した際、大きなお風呂は見つからなかった。

どうやら、探索が甘かったようだ。

「わふっわふっ」「きゃぅ」「こっこ」

ダーウとキャロとコッコもお風呂が楽しみらしい。

ダーウは大喜びであたしたちの周りを走り回っている。

先ほど寝て、すっきりしたのだろう。

床を走っていたキャロは、おいて行かれないようにあたしの肩の上に乗る。

コルコは羽をバサバサさせながら、先頭を歩き始めた。

「コルコはおふろのばしょわかるの？」

「こっこ」

どうやらわかるらしい。

別邸についてから、建物内を探索して見つけたのだろう。

「コルコ、ルリアたちより、たんけんがとくい？」

「こぅ」

コルコは誇らしげだ。

案内してやるからついてこいとばかりに歩いていく。

その後ろを母が歩き、その更に後ろをあたしとサラがついていく。

「コルコをたいいんにして、もういっかいたんけんすべき？」

「……うん」

サラはあまり元気がなかった。

耳がしょんぼりしているし、尻尾もへなへなだ。

探索中、水が出る装置を説明したとき、サラはあまり体を洗われるのが好きそうではなかった。

「サラは、おふろすきじゃない？」

「……よごれたらあらわないといけないから」

さっきもそんなことを言っていた。

「サラはそんなによごれてないから、おふろは、あしたにする？」

「だめよ、一緒に入りましょうね」

母が優しく言って、サラの頭を撫でた。

「うん。がんばる」

サラは棒人形をぎゅっと握る。

「そっか。でも、むりしなくていいとおもう」

「うん。ありがと。えへへ」

あたしはサラの手を摑んで、母の後ろをついていく。

向かったのは未探索領域だ。

一階の使用人たちの居住エリアの端にあった。

使用人エリアは、本邸の使用人が訪れる可能性があるため、進入禁止の場所が多いのだ。

だから、探検の際に漏れたのだろう。

「普段は侍女たちが使っているのだけどね」

母がそう言って微笑んだ。

主人家族の部屋には体を洗う設備があるが、使用人部屋にはない。

だから、みんなで使える大きな浴室が用意されているのだろう。

「ルリア、おやしきの大きなおふろに、はいったことない」

「そうね、侍女たちは侍女たちだけでゆっくりしたいでしょうし」

いつも過ごしている王都屋敷にも実は大きな浴室はあるのだ。

だが、利用したことはない。

主人家族が使ったら、侍女が安らげないからだろう。

脱衣所に入ると、

「サラ、てをあげて！」

「だいじょうぶ。じぶんでぬげる」

脱がせてあげようとしたのだが、断られてしまった。

仕方ないので、あたしは自分の服を脱ぐ。

「む？　むむ」

ボタンをはずすのに手こずっていると、

「ちょっと待ってね」

母が手伝ってくれた。

「ありがと、かあさま」

あたしが服を脱いでも、サラはまだ服を着たままだった。

「やっぱり、むずかしいのな？」

自分で服を着たり脱いだりするのは難しい。

ボタンが小さいし、いっぱいあるし、背中の方にもいろいろあるからだ。

「じぶんでぬげるの」

「えんりょしなくていい。ルリアもかあさまに手伝ってもらったし」

「……うん」

あたしはサラが服を脱ぐのを手伝った。

「しっぽあながあるほうがいいな？」

「でも、しっぽがでたら、へんだから。はずかしい」

「へんじゃないし、はずかしくないよ。かっこいいよ」

そう言いながら、服を脱がせたら、サラのお尻にはミミズばれがいくつかあった。

そのミミズばれは、指ぐらいの太さのしなやかな棒で強く叩かれたときにできるものだ。

前世であたしも、似たような痕を沢山つけていたので、よくわかる。

「いつごろ？」

「……きのう」

あたしはサラの体をよく眺めた。

お尻のミミズばれが目立つが、お腹や胸のあたり、太ももなどにも治りかけの傷痕がある。

日常的に殴られていたのだ。

だからといって、この体の傷を証拠として、男爵を追及することは難しいだろう。

しつけと称して、ムチで殴ることは、前世の時代でも、この時代でも一般的なことだ。

父が家庭教師や使用人に、体罰を禁止しているから、あたしは殴られたことはない。

だが、父が念押しする程度には、教育時に暴力を振るうことは一般的なのだ。

前世の経験から判断するに、サラの傷痕は、しばらく経てばきれいに消えるはず。

だが、特にお尻の傷はお湯に入ったら染みるに違いない。

だから、サラはお風呂に入るのが嫌だったのかもしれない。

「ふむう」

あたしはちらりと母を見る。侍女がいないので、母は自分で服を脱いでいる最中だ。

他家の貴族に会うための服は、一人で着たり脱いだりするようには作られていない。

母も少し苦戦しているようだった。

おかげで、サラの体の傷に、母はまだ気づいていない。

「……いまのうち」

「なにが？」

「ないしょな？」

あたしは、サラの耳元でささやくと、精霊から魔力を借りて治癒魔法をかける。

魔法を使って背が伸びなくなるとしても、今サラが痛くなくなることの方が大事だ。

元々、サラの傷は重傷ではない。

手足の欠損を治したりすることに比べれば、治癒魔法の消費魔力は大したことはないのだ。

一瞬で、サラの傷は綺麗に治った。

「まだ、いたい？」

「いたくない。すごい」

「しーっ、ないしょな？」

「うん、うん。わかった。……ありがと、ルリア様」

「れいにはおよばない」

あたしはサラの頭をわしわしと撫でた。

それから、服を脱いだかあさまと一緒にお風呂場へと入る。

二十人は楽に入れそうな大きめの浴槽には、温かいお湯が入っている。

浴槽の近くには、キャロとコルコ向けの大きめの桶があり、そこにも温かいお湯が入っていた。

「きゃうきゃう」「こっこぅ」

嬉しそうにキャロとコルコは桶の中に飛び込んだ。

「わふう！」

ダーウも浴槽に飛び込もうとしたが、

「ダーウだめ。体をあらってからよ」

「……わふ」

かあさまに止められてしょんぼりする。

「わふぅ」

ダーウがあたしの近くに来てお座りした。

「あらってほしいの？」

「わふっ」

「しかたないな！」

「サラもあらう」

あたしとサラは母と一緒にダーウのことを洗った。

ダーウはとても大きいので、非常に大変だ。

「ダーウふせて」

「わふ」

「あたまをべたんて、ゆかにつけて」

「わふ」

姿勢を低くさせて背中や頭を洗う。

あたしとサラも頑張っているが、洗う主力は母だ。

あたしとサラはあくまでも、母が洗ってない場所をゴシゴシする程度である。

「ダーウかわいい。えへへ」

「うん。ダーウはかわいい」

毛の奥まで指を入れて、ダーウをしっかり洗っていると、ふと気づいた。

「……ダーウ。しらがふえた？」

「わふ？」

金色の毛に白い毛が交じっている気がした。

もともと、白い毛は交じっていた気がしなくもない。

「かあさま、かあさま。ダーウ。しらがふえてる？」

「……どうかしら？」

「としかな？」

「わふぅ？」

ダーウはショックを受けたような顔であたしを見つめる。

「うーん。ダーウは五歳だから、老化ではないかもしれないわね」

「そっか、よかったな？」

「わふ」

「でもどうして、しらがふえたんだろ？」

「成長と共に毛の色が変わることはあるわ。犬ではあまり聞かないけど」

あたしとサラはダーウをわしわし洗いながら、母の話に耳を傾ける。

「いろがかわる動物って、どんなの？」

「そうね。有名なのは馬かしら。葦毛の馬っているでしょう？」

「いる。しろいおうまさん」

「そう、白いお馬さんね。でもあの葦毛のお馬さんって生まれたときは茶色かったりするの」

もしかしたら、ダーウも成長と共に色が変わる葦毛の犬なのかもしれなかった。

「ダーウはあしげの犬かもしれないな？」

「わふぅ」

ダーウは嬉しそうに尻尾を振った。

「あ、ダーウのしっぽもわすれてはいけない」

「うん。きれいにするの」

あたしとサラは手分けして太い尻尾を洗う。

「あらうとほそくなるな？」

「うん。ほそくなっても、ダーウのしっぽはふとい」

「ふといねぇ」

尻尾を洗ったら、次はお腹だ。

「ダーウ、ごろんってして」

「わふ」

仰向けになってもらって、お腹も洗う。

「ほんとだ。おなかのほうは白いけがおおい」

「むかしはもっと金いろだった気がする」

「わふ」

サラと一緒にお腹をわしわし洗うと、ダーウは気持ちよさそうに目をつぶっていた。

「足の裏も洗わないといけないわ」

「わふぅ〜」

あたしとサラがお腹をわしわししている間、母は難しい足の裏を洗ってくれる。

「肉球の間もきれいにしないといけないわ」

「わふー」

「爪は……あまり伸びてないわね。散歩でけずれるのかしら？」

「……わふぅ」

かあさまの言葉をダーウは半分も聞いていない。

ダーウはすごくリラックスして、気持ちよさそうに「わふわふ」鳴いている。

洗体が終わり、泡を流されると、

「きゅーん」

名残惜しそうにダーウは鳴いた。

「次は、サラとルリアの番ね」

「うん、あらって！」

あたしは母のもとに駆け寄ったが、

「じぶんであらえる」

サラは遠慮しているらしい。

「だめよ。サラもこっちに来なさい」

「あい」

あたしとサラは母に頭のてっぺんから足の先まで洗われた。

その間、ダーウは大人しくお座りしてあたしたちのことを見守っていた。

「あれ、おかしいわね」

「なにが？」

「サラ。怪我をしてないの？」

「し、してない」

「そう。それならばいいのだけど」

母は怪訝な表情を浮かべている。

「かあさま、どうした？」

「サラを診てもらうためにお医者様を呼ぶ予定だったのだけど……」

母は洗い終わったサラの体を、改めてしっかり観察していた。

どこから情報を手に入れたのか、サラが親に叩かれていることを知っていたらしい。

「うん。怪我をしていないなら、それでいいわ」

そう言って、母はにこりと笑う。

風呂に入ろうと言ったのも、サラの怪我の程度を調べるためだったのかもしれない。

「かあさまのせなかあらう！」

「あら、ありがとう」

サラと一緒に母の背中を洗った。

洗い終わっても、母はまだ髪を洗っている。髪が長いので、時間がかかるようだ。

「ルリア、サラ。風邪を引くから、先に湯船に入っちゃいなさい」

「わかった」「あい」

「ダーウ、溺れないように見てあげてね」

「わふう」

張り切ったダーウがあたしたちより先に湯船に向かう。

ダーウが入った瞬間、湯船から、お湯があふれた。

ダーウの後について、あたしとサラは湯船に入る。

「あったかいね！」

サラは嬉しそうに言う。

「うむ。あったかい。きもちがいい」

「わふぅ」

ダーウも気持ちよさそうだ。

ダーウは大きいので、湯船に入る機会が少ないのだ。

「サラも、お風呂すきになった？」

「あったかいなら、すき。えへへ」

「……いつも、つめたいの？」

「つめたいの」

サラはダーウを撫でながら言う。

「だんしゃくけには、おゆのまどうぐないの？」

「ある。でも、サラはつかったらだめって」

「さむいな？」

「うん。でもさいきんはあったかくなったから」

きっとマリオンが病気になってから、ずっと水で体を洗われていたのだろう。

秋や冬もだ。

たとえ暖かい季節でも、むち打ちの傷に冷たい水が染みたはずだ。

「つらいな？」

臭くなったら水をかける。よくある手段だ。

あたしも前世ではそうされていた。

冬は本当につらい。

がくがくと歯の根が合わなくなるほど震えるあたしを聖女は楽しそうに笑って見ていた。

冷たい水は傷にも染みる。

「サラは、よく生きのびたなぁ」

前世のあたしには精霊とヤギがいて、魔法があった。

だから生き延びることができた。

「サラはえらい」

「……そうなのかな？」

「そう。えらい」

あたしはサラの頭をなでなでする。

すると、サラは「えへ、えへ」と笑った。


その後、体を洗い終わった母が湯船に来たので、一緒に温まった。

キャロとコルコは、浴槽のすぐ近くにある桶の中で、のんびりしている。

キャロは手を使って、自分で自分の体をきれいにしていた。

「キャロはきようだなぁ」

「きゅ」

桶の中で、すっくと立ち上がったキャロが、どや顔でこちらを見た。

キャロはどや顔をするときに立ち上がる傾向がある気がする。

「コルコも、きようだなぁ」

「ここ」

コルコは砂浴びの要領で、桶の中で体をブルブルさせている。

「かあさま、にわとりって……みずあび好きじゃないな？」

「そうね。一般的に鶏は砂浴びの方が好きなはず」

「ふむう。コルコはかわっている」

「こぅここぅ」

コルコは「守護獣だから」と言っている気がした。

「ここぅ」

どうやら水は嫌いだけど、お湯浴びなら好きらしい。

「きゅっきゅ」

キャロも水は嫌だという。

キャロもコルコも、あたしやサラと同じなのかもしれない。

「みずはつめたいものな？」

「きゅう」「こぅ」

あたしは湯船から出て、コルコの桶まで移動する。

「あらうの、てつだう」

「こっこ」

頭の上にお湯をかけたり、足を優しく洗ったり。

「とさかもきれいにしないとなー」

「こぅ」

お湯を手ですくって、こしこしこする。撫でるようにして、羽毛の隙間を洗っていく。

「いたくないか？」

「こ」

気持ちよさそうなのでよいだろう。

「つぎはキャロだ」

「きゅ」

キャロのこともお湯で洗う。

「やっぱり、キャロもコルコもきれいだなー」

「きゅっ」「こっ」

キャロもコルコも、基本的に洗わなくていいぐらい綺麗だ。

一応、あたしはキャロの爪の隙間をきれいにする。

キャロは穴を掘るので、爪に土が詰まりがちなのだ。

キャロとコルコを洗っている間、ダーウは仰向けで、背泳ぎみたいな状態でぷかぷか浮いていた。

どういう仕組みかわからない。きっと守護獣だから特別なのだろう。

一方、サラは母に抱っこされていた。

サラは母の豊かな胸の間に後頭部をあてた状態で、耳をぴくぴくと動かしている。

母はそんなサラを後ろから軽く抱きしめている。

「サラ、体調はどう？」

「げんき……なの」

「そう。赤痘のこともあるから、少しでも調子が悪いときは言うのよ？」

「あい」

母がサラの体を調べたのも赤痘の発疹が出ていないか確認するためでもあったのかもしれない。

「サラは嫌いな食べ物とかある？」

「ないです」

「そう？　遠慮しないでいいのよ？」

「あい」

あたしは、キャロとコルコを洗いながら、母とサラの会話を聞いていた。

サラはまだ硬い気がした。

だが、しばらく母と会話を続けて、

「えっとね。サラはあしがはやいの」

サラの口調から徐々に硬さがとれてくる。

「あら、そうなの？」

「うん。ママにも褒められたの」

「そう。凄いわね」

「えへ、えへへ」

サラは、母に褒められて照れていた。

母の優しさに触れて、サラも安心したのだろう。

もっとサラが安心できるといいと思う。

「ふこうちゅうのさいわい？」

沢山の人と出会う前に、母を安心できる相手だと認識できたのはサラにとって良かったと思う。

父も兄も姉も、使用人たちも優しい。

だが、たくさんの大人というだけで、サラにとっては怖いだろう。

それに、どうやらサラはびっくりしたら、固まってしまうらしい。

人がいっぱいいれば、それだけでびっくりすることが多くなってしまうに違いないのだから。

サラの緊張が解けた今がチャンスだ。

「サラ、気になっていたのだけど」

「どしたの？　ルリア様」

「それ！　様はいらない」

「え、でも……」

サラは少し困ったような表情を浮かべて母を見る。

「かあさま。様はいらないよね？」

「そうね。公式な場所だと、色々面倒ではあるのだけど、普段は必要ないわね」

「な？　サラちゃん」

「ル、ルリアちゃん？」

「それでいい！」

ルリアちゃんと呼ばれるのはとてもいい気がした。


しっかり温まった後、のぼせないうちに、みんなでお風呂を出る。

風呂を出て、一番大変だったのは、ダーウを乾かすことだった。

とにかく大きいので、タオルを何枚も使うことになった。

その後あたしたちは母の部屋に連れて行かれた。

そこには、たくさんの服が置かれている。

「ほー？　いっぱいあるな？」

「昔リディアが着ていた服よ」

どうやら姉リディアが幼い頃に着ていた服が別邸にあったらしい。

「サラ、ちゃんと尻尾を通せるように穴をあけているから安心してね」

「がんばりました」

侍女が誇らしげだ。あたしたちがお風呂に入っている間に、作業してくれたようだ。

「ありがとう。急がせたわね」

「お気になさらないでください」

「……ありがと」

サラは少し戸惑いながらもぺこりと頭を下げた。

「裁縫は得意なので！　サラお嬢様も尻尾の穴がきついとかあれば、いつでも言ってくださいね」

侍女はそう言って、優しく微笑んだ。

それから、母と侍女はサラに服を着せていく。

「こっちの方が似合いそうね」

「奥様、こちらも捨てがたいかと」

「どっちもにあう！」

「そかな？　えへええへ」

姉の服は、サラにとても似合って可愛らしい。

サラの今の体形に合う姉の服だけで、別邸には十着ほどあった。

母と侍女は楽しそうに、着せ替え人形のごとくサラに服を順番に着せていく。

「こっちの水色の服の方が似合うかしら」

「うーん。どっちもにあうなぁ」「可愛らしいですよ、サラお嬢様」

「えへ、えへへ」

これで、オーダーメイドの服ができるまでの間も、サラは服に困らないだろう。

着せ替え人形タイムが終わり、今すぐに着ない服を畳んでタンスに仕舞っていく。

「かあさま。これは？」

あたしはタンスの中に気になる服を見つけた。

「それはギルベルトが着ていた服ね」

「ほう？」

あたしは兄ギルベルトの服を取り出した。

あたしのサイズに合っているのではなかろうか。

「……きてみるか」

動きやすそうだ。そして何よりポケットがたくさん付いているのがいい。

「んしょ、んしょ」

あたしが服を脱ぎ始めると、

「ルリア、ギルベルトの服を着たいの？　しかたないわね」

そう言いながら、母が着替えを手伝ってくれた。

兄の服に着替えると、くるりと回る。動きやすい。

「かあさま、どうどう！　にあう？」

「ルリア……、これは、想像以上に可愛いわね」

「ルリアちゃんかわいい！」「お可愛いですよ！」

みんなに褒められて、良い気持ちになった。

しばらく兄の服を着て過ごすのも良いかもしれない。


その日の夜、あたしはサラと一緒に寝台に入った。

侍女が去った後、部屋の灯は全部消す。

精霊たちが輝いているので、あたしとサラ、守護獣たちにとっては充分に明るいのだ。

「あした、てがみかこうな」

「うん。でも、字はむずかしくない？」

「たしょう、むずかしい。でもだいじょうぶだ。ルリアが教えるからな」

「うん……ルリ……アちゃんは…………すぅー」

サラは会話の途中で眠りに落ちた。

今日は色々あったのだ。サラが疲れているのも当然だ。

あたしはサラをぎゅっと抱きしめる。

姉や兄にしてもらったのと同じようにだ。

『ねた？』『ねっちゃった？』『かわいい』

サラが眠ったのを見て、精霊たちは途端に話し出す。

サラは精霊を見ることはできるが、声を聞くことはできない。

だから、あたしとサラの会話を邪魔しないよう静かにしてくれていたのだろう。

『るりあさま、おはなししよ？』

「るりあも、もうねむい」

『えー』

あたしも五歳児なのだから、眠くなって当然だ。

「また、あしたね……」

『るりあさまおやすみ！』『いいゆめみてね？』『かわいい』

「……クロは……どこいった？」

幼いぽわぽわした精霊は沢山いるが、黒猫のクロはいなかった。

どこかに遊びに行っているのかもしれない。

とはいえ、心配には及ばない。

クロは強い精霊だし、精霊を傷付けることができるものなど、滅多にいないのだから。

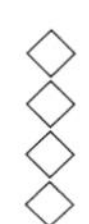

ルリアとサラが自室で眠りについた頃。

別邸の近くの森には、精霊王のクロがいた。

『そなたたち。どうしてきちゃったのだ？』

「めえ？」「ぶぼ？」「もぉ？」

そしてクロの前には、本邸近くの森からやってきたヤギと猪、牛がいた。

三頭の中でもっとも小さい牛でさえ馬の二倍は大きく、猪は小山のようだ。

そして、リーダーである黄金色のヤギは、牛や猪よりさらに大きい。

『それにしても、よく……ばれなかったのだな？』

「めめえ～（姿を隠す魔法があるゆえ……造作もなきこと）」

どや顔で自慢しているヤギたちは、極めて優れた魔法の使い手だった。

普段から姿隠しの魔法を使い、気配を隠して暮らしているほどだ。

だからこそ、巨大なのにこれまで誰にも見つかることはなかった。

そんなヤギたちにとって、別邸までこっそり移動することは難しくなかった。

『ルリア様に会いたいのはわかるのだけど……』

「ぶぼぼ（嫌な予感がするから来て正解であった）」

『猪よ。嫌な予感ってなんなのだ？』

「もぉ～（この森からは呪いに近い、不穏な気配がする）」

『全然しないのだ。牛は適当に言っているのだ？』

「めめえぇ？（適当なんてとんでもない）」

ヤギは可愛く首をかしげて誤魔化している。

『ルリア様の側にいたくて、我慢できなくなる気持ちはわかるのだけど……』

「めえ～」「ぶぼぼ」「ももぅ」

『まあ、本邸近くの森より広いし、見つかりにくいかな？』

「めめえ」

ヤギの「任せろ」という言葉を聞いて、クロはなんとなく不安になったのだった。

クロがヤギたちと出会う数時間前。

太陽が西の空を真っ赤に染めながら沈みつつあった頃。

サラの父である男爵は二階にある自室で一人苦しんでいた。

呪いではあるが、症状は赤痘のそれだ。高熱が出て、全身に腫れ物ができるのだ。

喉や口内にも腫れ物ができるので、息が苦しくなり、何か口にする度強烈な痛みに襲われる。

使用人が灯りに燃料を入れに来ないせいで、部屋の中がどんどん暗くなっていく。

「だ、だれか……、だれかおらぬか」

暗い部屋の中、男爵は使用人を呼ぶ。

だが、誰も来なかった。

来るわけがない。感染力の高い赤痘だと思われているのだから。

マリオンがそうだったように、使用人は部屋の前にご飯を置くだけ。

扉を開けることもしない。

それが、男爵には許せなかった。

発症したばかりで、まだ体力のある男爵は喉の痛みを無視して大声で叫ぶ。

「誰か来ぬか！　儂が呼んだらすぐに来い」

男爵の声は使用人室にも届く。だが、使用人は全員無視をした。

だれも、赤痘になど罹りたくないからだ。

男爵家の使用人は、マリオンが乳母となり屋敷を離れがちになった五年前以降に雇われた者だ。

昔からマリオンに仕えていた者たちを排除するために男爵が入れ替えた。

当然、使用人たちの男爵家への忠誠心など、ほとんどなかったのだ。

おかげで、男爵が浮気しても、サラを虐待しても、愛人を連れ込んでも止める者はいなかった。

「な、なぜ誰も来ぬ……」

使用人どころか、最愛の愛人すら来ない。

愛人のお腹の中に子供がいるから、近づけないのは当然だ。

だが、そんなことすら忘れて、男爵は怒り狂っていた。

「ふざけるな！　ふざけるなよ！　俺はディディエ男爵、この屋敷の主人だぞ！」

しばらく叫んで諦めた男爵は這うようにして寝台から出る。

まるで骨が折れているかのように、全身が痛かった。

男爵は這うように移動して、部屋の扉を開く。

廊下に、冷めきった粥の入った皿と水の入ったコップが直置きされていた。

そして、廊下には頑丈な木の柵が取り付けられており、外に出られないようになっていた。

赤痘患者となった男爵を外に出さないために、家臣たちが取り付けたのだ。

柵を恨めしげに睨み付けると、粥と水を持って部屋に戻る。

「……ぐう」

水を飲むだけで、口の中が痛い。

口の中には、数十個の口内炎ができているせいだ。

「だが食べねば……死ぬ」

泣きながら男爵は粥を食べる。味がしない。ただただ、痛くて苦しかった。

軟らかくて冷めた粥ではあったが、男爵は半分も食べられなかった。

「なぜ、俺が赤痘などに……」

呪いをかけたことなど忘れて、男爵は呻いた。

その苦しみはマリオンが味わったのと、同じ苦しみだったのだ。

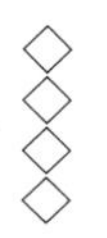

一方その頃。マリオンの離れにて。

「マリオン様。大丈夫ですか？　食べられますか？」

「ありがとう。娘と会話してから体調がいいのです」

赤痘専門の治癒術師に介抱されながら、マリオンも粥を食べていた。

数時間まで苦しめられていた口内炎は、すべて消えた。

「痛くないというだけで……これほどおいしく感じるのですね」

「それは何よりです」

マリオンの食事中も、治癒術師は診察を続けている。

治癒術師は、子供の頃に赤痘に罹り死にかけたという若い女性だ。

その際、隔離され治療を受けられず死にかけたから、赤痘の治癒術師を志したという。

「飲みこんだ後も、痛みはありませんね？」

「はい」

「顔の腫れ物も引いておりますし、熱もありません。私には完治しているように見えます」

「本当ですか？　ならば、娘に……」

嬉しそうなマリオンに治癒術師は笑顔で優しく言う。

「もちろんすぐにお会いになれます。ですが、隔離期間というものがありまして……」

症状が消えてからも、二、三日は隔離したまま経過を見るのが決まりなのだ。

治ったように見えて、また症状がぶり返す可能性があるためだ。

ただ、その期間は濃厚接触者の隔離期間よりは短い。

「数日。三日か、四日。このまま推移したら、娘さんにお会いできますよ」

「はい。ありがとうございます」

マリオンは嬉しそうに、涙をこぼす。

「まだ、油断してはいけませんよ。無理しない程度に、しっかり食べてゆっくり休んでください」

「はい、ありがとうございます」

治癒術師に依頼をしたのは高位王族の大公爵だ。それも大司教経由での依頼だった。

加えて、大公爵から「重病人ゆえ、丁重に頼む、どうか助けて欲しい」と直接言われた。

これは責任重大だと、気合いを入れて訪れたら、もう治っていたのだ。

「大公殿下にもいい報告ができそうです」

治癒術師は笑顔で、ほっと胸をなでおろした。

三章　五歳のルリアと村人たち

あたしが目を覚ますと、目の前にサラの尻尾があった。

どうやら、寝ている間に、寝返りを打って頭と足の位置が逆になったらしい。

「ふむ？」

あたしはサラの尻尾を撫でながら調べた。

「もふもふだ」

サラの尻尾は太くてずんぐりとしていて、もふもふで、全体的に茶色いが先端だけ黒かった。

思う存分サラの尻尾をもふもふしたあと、あたしは体を起こす。

いつものようにヘッドボードに直立しているキャロを摑んで抱っこする。

「キャロおはよ。ねた？」

「きゅう～」

キャロは「ちゃんと寝た」と言っているが、きっと寝ていない。

「キャロはもっと、ねたほうがいい」

あたしはキャロをサラのお腹の上に乗せる。

すると、眠りながらもサラはキャロをぎゅっと抱きしめた。

「これでよし。ダーウは……」

ダーウはいつものように足元で仰向けで眠っている。

「キャロもダーウぐらいねるべき」

「きゅる」

「コルコもちゃんとねた？」

「ここぅ」

早起きのコルコは窓の下枠のところに立って、外を眺めていたようだ。

あたしも寝台から出て、コルコのところに向かう。

「おそと、いきたいの？」

あたしが窓を開くと風が室内に流れ込む。

朝の春の風は、少し肌寒く感じるほど涼しかった。

「きもちいいねぇ」

「こぅ〜」

湖が、日の光を反射してキラキラと光っている。

護衛用宿舎の前では、従者たちが軽く体操をしている。

あたしも体操でもしようかと、思ったとき。

「む？」

森に違和感を覚えた。

「コルコ。きのうより、森のいきものふえた？」

「ここぅ～」

コルコは首をかしげていた。

「きのせいかのう？」

昨日、別邸の周囲にある森は、本邸の近くの森よりも生き物の気配が薄かった。

だが、今日は本邸近くの森並みに生き物の気配がする気がした。

「ま、いっか」「ここぅ！」

動物が増えることは良いことだ。たいして気にすることでもない。

「たいそうしよう」「こっこ！」

あたしが体操を始めると、サラとダーウ、キャロも起きてきて、一緒に体操をしてくれた。


その後、侍女が朝ご飯ができたと呼びに来てくれたので、普段着に着替えて食堂に向かった。

サラは姉の服、あたしは兄の服に着替える。

サラは朝ご飯のときも、しっかりと木の棒の人形を抱っこしていた。

朝ご飯をお腹いっぱい食べて、後片付けした後、母に連れられて書斎兼談話室へと向かった。

書斎兼談話室には、昨日はなかったいくつかの綺麗な箱と、封筒があった。

「グラーフとギルベルトとリディアから贈り物が届いているの」

「とうさまと、にいさまと、ねえさまから？」

「お手紙もあるわ」

「わー、おてがみからよむ！」

あたしは届いた手紙の封筒を眺める。

「ルリアとサラへってかいてあるよ！」

「ふわー」

「ルリアがよんであげるね？」

あたしは封筒を開けて、中身を読みあげることにした。

サラだけでなく、ダーウも手紙をのぞき込んでくる。

「ルリアとサラへ。たいへんなことになってこころぼそいこととおもうが、あんしんしなさい」

父はあたしでも読めるように、簡単な言葉を選んでくれていた。

そして手紙の中で、心配する必要はないと繰り返し言ってくれた。

「サラは、もうわたしたちのむすめなのだから、あまえていいのだからね。だって」

「うん。えへ、えへへへ」

サラの尻尾はバサバサと揺れた。

「つぎは、ギルベルトにいさまのてがみをよむ！」

「ふんふんふん」

あたしがにいさまの手紙を開くと、

「ダーウちかい」

読めなくなるほど、ダーウがその大きな顔を近づけた。

「ダーウはサラちゃんのうしろ！」

「わふ」

ダーウは素直にあたしとサラの後ろでお座りをした。

「じゃあ、よむね」

「うん」

「ルリアへ。あにはさみしい。ルリアがいなくなって、このやしきはひがきえたようです……」

どうやら兄は寂しいらしい。

そして、あたしとサラに読んであげるつもりだった絵本をおくると書いてあった。

「サラへ。あたらしく兄になったギルベルトです。なかよくしてくれるとうれしいな」

「うん」

「サラはきゅうにかぞくがふえて、ふあんになっているかもしれないね」

兄も父と同じく心配しなくていいよと何度も書いていた。

「あ、お菓子もおくったって」

「おかし。えへへ」

「つぎは、ねえさまのてがみよむね？」

姉は自己紹介した後、体調や不便はないかと色々気遣ってくれる。

「サラとルリアにはやくあいたいです。だって」

「ほえー」

「あ、おもちゃもおくりますだって」

「おもちゃ？」

「これかな？　サラちゃんがあけていいよ」

「いいの？」

「いいよ」

サラは嬉しそうに姉から送られた箱を開ける。

中には手でぎゅっと握れるぐらいの大きさの木彫りの人形が入っていた。

「ふわあ。ルリアちゃん。あそぼ？」

サラの目が輝いているし、尻尾がバサバサ揺れている。

サラは木の棒の人形を机の上に置いて、その周りに姉がくれた木彫りの人形を並べた。

「そだなー、あそぶかー」

あまり人形で遊んだことはないが、サラが嬉しそうなのであたしも嬉しい。

「あら、遊ぶ前にお返事を書かなくていいの？」

あたしたちの隣で仕事をしていた母が笑顔で言う。

「あ、そうだった。あそぶまえにてがみかこ？」

「うん。でもサラ、じがかけないから……」

「ルリアがかくから、なにかくかサラちゃんもかんがえて」

「わかった」

あたしはかあさまに頼んで紙とペンを借りた。

そして、かあさまの隣の机で、サラと並んで手紙を書いていく。

「おれいのてがみのまえに、まずはマリオンへのてがみだなー」

「うん！」

お礼のお返事も大事だが、病気から回復中のマリオンに手紙を出すことのほうが大事だ。

きっとサラからの手紙を貰えばマリオンも元気になるに違いないのだから。

「サラちゃん、はなしたいことある？」

「えっとね、えっと……」

サラは一度机に置いた木の棒の人形を再び抱っこして、考え始める。

サラが考えている間に、あたしは冒頭部分を書いた。

『マリオンへ　サラはげんきです。ルリアもかあさまもげんきです』

「あとは……あ、そうだ」

『サラにマリオンにつたえたいことをきいています。サラからきいてルリアがかきます』

これでマリオンに状況は伝わるだろう。

サラは少し考えると、木の棒の人形を撫でながら話し出す。

「えっと、ぱんがおいしかったの」

「いつもよりたくさんたべた？」

「うん！　たくさんたべた。おにくもおいしくてたくさんたべた！」

「ふむふむ？『パンがおいしくて、たくさんたべました。おにくも……』」

あたしはサラの話した内容を手紙に書いていった。

「ルリアちゃんがくちをふいてくれたりじゃむをぬってくれたりする」

「ふむ。『ルリアがくちをふいたり、パンにジャムを』っと」

たまに言葉を補って書いた。

そのまま書くとあたしがサラにジャムを塗ったかのようになってしまうからだ。

「その字がサラ？」

「この字はパン。サラはこっち。サ、ラ。ね？」

「そうなんだ。さ、ら」

たまに字についても説明する。

「それでねそれでね、きのうおふろにはいってー」

サラはマリオンに話したいことがたくさんあるようだ。

時系列はバラバラに、マリオンに伝えたいことを話していく。

サラが満足するまでに、紙十枚にびっしり書いた。

「ふう。たいさくになった」

「ありがと、ルリアちゃん」

「きにしなくていい。あ、ルリアのぶんもかいとこ」

最後にあたしからの手紙も書く。

『マリオン、げんきになってね。サラはげんきです。パンがおいしいので、こんどたべよう』

「あ、大切なこと忘れていた」

『おへんじは、つかれるので、かかなくていいです。すぐあえるのであんしんしてください』

返事を書くよりも早く良くなって欲しいからだ。

「マリオンへの手紙をかきおわったから、つぎはとうさまたちへのへんじだなー」

「うん」

「とうさまたちには、ルリアが、たくさんかくかな？」

サラは父や兄姉に会ったこともないのだ。

書いてと言われても困るだろう。

『とうさま。ルリアはげんきです。サラもかあさまもげんきです。きのうは』

あたしはみんなでお風呂に入ったこととか、サラと一緒に寝たことを書いていった。

「サラちゃんはなにかかきたいことある？」

「んー。よろしくおねがいします？」

「わかった。かいとく」


そうやって、父と兄姉への手紙を書き終えた頃、

「奥方様に会いたいと申す者が、訪ねてきておりまして……」

そう告げた侍女が困ったような表情を浮かべていた。

母は仕事の手を止めて、怪訝な表情を浮かべて侍女を見る。

「お客様？　隔離中だから会えないのだけど……」

「お客様と申しますか——」

侍女の言葉にかぶるかたちで、

「お願いします！　お願いします！」「どうか、どうか！　ご領主様にお願いしたいことが！」

複数の大人の男女の叫ぶような声が聞こえた。

サラがびくりとして固まった。

「待て待て！　疫病の隔離期間中ゆえ、会うことはできん」

「お前たちのために言っておるのだ！　あとで、陳情書を——」

従者たちが一生懸命止めているようだ。

「陳情書だと？　俺たちがなんど出したと思ってるんだ！」

「疫病などこわくねえ！」「ああ！　どっちにしろ俺たちは死ぬしかないんだ」

そんなことを、来訪した者たちが従者に向かって叫んでいる。

「りょうみんなの？」

あたしは固まってしまったサラをぎゅっと抱きしめながら侍女に尋ねる。

「はい。近隣の村の住民のようです。お願いしたいことがあると」

村人たちは「ご領主様に」と言っている。

きっと、大公家の馬車を見て、湖畔の別邸に数年ぶりに父が来たと思ったに違いない。

「ほえー。このあたりもとうさまのりょうちなの？　もっとおくじゃなかった？」

「ヴァロア大公領の領都はもっと遠いけど、この辺りの村二つと湖と森もグラーフの領地よ」

父は、ヴァロア地方以外にも色々土地を持っているようだ。

「……このあたりならヤギ……かえるな？」

この辺りに小さな家を建てて、ヤギと暮らすのは楽しそうだ。

森もあるし湖もあるから、動物も沢山いるに違いない。

畑も作れるだろうし、魚釣りもできる。

「むふー」

「ルリアは本当にヤギが好きね」

母は苦笑すると、あたしが抱きしめていたサラを膝の上で抱っこする。

「サラ、大丈夫？　びっくりしちゃったかしら？」

「うん。だいじょうぶ」

母はサラのことをぎゅっと抱きしめると、優しく髪の毛を撫でた。

「いいこ、いいこ」

「えへへ」

母に抱きしめられて、サラは安心したようだった。

母はサラの髪を撫でながら言う。

「うーん。代官からはこの地域の問題は報告されてなかったと思うのだけど……」

「どうなさいますか？」

「まあ、とりあえず話を聞きましょう」

そういって母は立ち上がる。

「問題に気づかずにいたならばグラーフの責任ね。なら私が尻拭いしてもいいでしょう？」

「はぁ……でもよろしいのですか？　直訴は……」

「この滞在自体、非公式だからいいの。直訴なんてなかったのよ」

母はサラを抱っこしたまま、すたすたと歩いて行く。

あたしは、ダーウたちと一緒にその後ろを追った。

「かあさま。じきそって、まずいの？」

「そうね。必要な手続きを無視しているのだから直訴は犯罪なの」

「ほえー」

「それだけ切羽詰まっているとも言えるわね」

しばらく歩いた後、母は足を止めて侍女に言う。

「ルリアも一緒に話を聞きましょうか。ルリアのフードを持ってきてくれるかしら？」

「かしこまりました」

侍女が駆けていくのを見送って、母に尋ねる。

「かあさま、いいの？　うれしいけど」

「良い勉強になると思うの。それに……この辺りでヤギを飼いたいのでしょう？」

「かいたい」

さっき、あたしが呟いた言葉を、母はしっかり聞いてくれていたらしい。

「それが可能かどうかはともかく、田舎の領地の抱える問題も知っておくべきよ」

どうやら母には色々考えがあるようだった。

その後、すぐに侍女がフードを持ってきてくれたので、あたしはそれを被った。

「にあう？」

「にあう、えへ」

母に抱っこされたサラはにへらと笑った。

「サラも一緒に行きましょうね。怖いかしら？」

「……だいじょうぶ」

「サラは領主になるのだから、知っておいた方がいいの。怖かったら私に抱きついていなさい」

「？」

サラは領主になるという言葉が、よくわかっていないようだ。

だが、男爵とマリオンの子供はサラだけなのだから、当然次の男爵はサラになる。

婿養子をとるにしても、サラも領地経営を知っておいた方がいい。

そう母は考えたのに違いない。

「かあさまは、いろいろかんがえているのだなぁ」

「当然よ？」

母は玄関まで移動すると、屋内警備担当の従者に言う。

「領民から話を聞きます。ですが、距離は充分空けるように」

「畏まりました。少しお待ちを」

頭を下げると従者は外に出ていった。

従者は感染の危険を説いて、これ以上近づいてはいけないラインについて説明する。

それから、護衛のために従者を配置して、屋敷内に戻ってきた。

「お待たせいたしました。準備が完了いたしました」

「ありがとう」

サラを抱っこした母が玄関から外に出て行き、あたしとダーウ、キャロとコルコはついていく。

外に出ると、従者たちの向こうにいる領民たちが一斉に平伏した。

「ぬお？」

そのとき、あたしは、領民たちの向こうに信じられないものを見て、思わず声をあげた。

（な、なにあれ？）

遠くの森の中に何かがいる。

あたしは特技の「気合いを入れたら目が良くなる」を使って観察した。

「やぎ？」

森の中に巨大なヤギがいた。

ヤギだけではない。大きな牛と猪までいるではないか。

（ふわぁ！　かっこいい！）

そんなことを思っていると「ルリア。よそ見をしないで」と母に小声で叱られた。

母に叱られたので、ヤギたちを見るのは横目に留めて領民たちの方を向く。

数十人の大人たちが頭を地面につけていた。

森が遠いからか、みんなはヤギたちに気づいていないらしい。

ダーウはヤギたちの方を見て尻尾を振っているので、気づいている。

キャロとコルコはヤギたちの方を見ていないので、気づいていない可能性が高い。

一応、ヤギたちは身を隠しつつ、木々の陰からこちらを覗いているつもりのようだ。

だが、体がでかすぎるので、全然隠れていない。

「サラちゃん。みえる？」

尋ねると、サラが「何のこと？」と言いたげに首をかしげ、

「ルリア、静かに」

母に再びたしなめられた。

小さな声で母にヤギたちについて聞こうと思ったとき、先に侍女が大きな声で言った。

「話を聞きましょう」

「ははぁ。ありがとうございます！」

妃殿下である母に直答できないので、村人たちは侍女に話しかける形で説明を始めた。

どうやら湖から流れる水路が、土砂崩れによって巨石に塞がれてしまったらしい。

巨石はあまりに大きすぎて取り除くことは難しい。

水路を迂回させて繋げようとしたが、代官の許可が下りないのだという。

「代官はなぜ許可を出さない？」

そう尋ねたのは侍女だ。

「代官の息子が村長を務める村に、水を流しているのです」

巨石で水路がせき止められたのを良いことに、水を独占しているらしい。

当然村人たちは抗議するが、代官は無視する。

領主たる大公に願い出るにしても、代官が握りつぶす。

代官を無視して大公に直接訴えるための手続きは村人にはわからない。

ただ、直訴は重罪だということだけは村人たちも知っている。

「ここにいる者の命ならば差し上げます。ですが、どうか村を救ってください！」

村人たちは直訴失敗で、大公に願いが届かず、ただ殺されることを恐れているようだ。

「このままでは先祖代々の土地を捨てるか、死ぬしかありませぬ！」

ここ数年の降雨量の減少もあり、用水路が涸れてしまい、畑から作物を収穫できなくなった。

なのに、代官は税金を減らさない。

「どうか、どうか、伏してお願い申しあげます！」

水路の迂回工事の許可と、当分の税金の免除。それが、領民の願いらしい。

母は村人の話を聞き終わると「調べて」と従者に告げる。

次に村人に向かって笑顔で言う。

「それで、その水路を塞ぐ巨石は遠いのかしら？　直答を許すわ」

「はは！　ここからならば、徒歩で十分ほどの位置でございます！」

「そう。案内しなさい」

そう言って、村人たちを先に歩かせ、その後を母はついていく。

従者たちはあたしたちを二重に囲む。内側には屋内警備の、外側は屋外警備の従者たちだ。

歩きながら母は呟くように言った。

「サラ。どう思うかしら？」

「みんなかわいそう」

「そうね。領主は領民の命をあずかるのだから、その感覚は大切ね」

母はサラを撫でた後、

「ルリアはどう思った？　……もう森ばっかり見て。話を聞いていたのかしら？」

「ルリア、ちゃんときいてた」

森のヤギたちが気になって仕方なかったことは確かだ。

あたしは、遠目にヤギたちをチラチラ見ていたが、話もちゃんと聞いていた。

「だいかんがあやしいなぁ」

「怪しいってどういう意味かしら？」

「どしゃくずれじたい、だいかんの仕業のかのうせい」

あたしがそう言うと、母はにこりと微笑んだ。

「可能性はあるわね」

「……うむ。むらにとって、みずは大事だからなぁ」

農村は言うに及ばず、牧畜を主産業とする村でも水は大切だ。

家畜を育てるにも、牧草を育てるにも水は使うのだ。

「みずはむかしから、あらそいのたねだからなー」

水利権は前世の頃から非常に激しい争いの対象になっていたものだ。

干魃になると特に争いは激しくなる。

前世の頃、水争いを収めるためにかり出されたこともある。

聖女たる王女の舞に合わせて雨を降らせて、ため池をいっぱいにしたりした。

「むらびとたちも、雨がすくないって、いってたし？」

雨が減り、水路の水量が減ったせいで二村の水の需要を満たせなくなった。

だから、せき止めて、独占したのかもしれない。

「ふむー。ぜいをさげないのは、土地をとりあげるためかなー？」

「ルリア。なにを考えているのか、詳しく話して」

「えっと、ぜいをはらえない村人に、だいかんが金をかせば……、」

「農地を担保にさせて、お金を貸すということね？」

「そう！」

村人は金を返すことはできないだろう。

代官は土地とそれを耕す奴隷を、同時に手に入れることができる。

「ルリアは、頭が良いわね」

「そうかな？」

「性格も、兄妹の中で一番グラーフに似ているかもしれないわ」

母は嬉しそうに微笑むと、あたしの頭を撫でてくれた。

あたしとしては、父より母に性格が似ていると言われたほうが嬉しかったのだが。

「調べないとわからないけど、ルリアの推測が当たっている可能性は大いにあるわね」

そう言って、近くにいる従者に、母は手をわずかに動かして合図をする。

従者は一礼して走り去った。すぐに調査の手配に入るのだろう。

「代官が裏切ったのでしょうか？　もしそうならゆるせません」

侍女は怒っているようだ。

「よくあることではあるの。グラーフがいくら頑張っても、完璧な領地経営など不可能なのだし」

母は少し悲しそうな表情を浮かべている。

そして、あたしは森の中にいるヤギを見ていた。

どうやら、あたしたちの目的地は、ヤギたちのいる森に近いらしい。

あたしたちとヤギたちの距離は、少しずつ縮まりつつあった。

「りっぱだなぁ」

ヤギはとても大きく、立派な角と髭が生えていて、金色の毛並みがきれいだ。

そして、こちらを見て、体格の割に小さな尻尾をすごい勢いで振っている。

猪と牛も、とても立派だし、嬉しそうにしていた。

撫でたいし、抱きしめたい。モフモフな毛にうもれたら気持ちが良さそうだ。


ヤギたちに気を取られながら、十分ほど歩くと、水路を塞ぐ巨石が見えてきた。

村人が訴えていたとおり、巨石の手前で水路が分岐して別の方向に水が流れている。

その先に、代官の息子が村長をしている村があるのだろう。

「……おっきい」

母に抱っこされたサラが巨石を見上げて呟く。

「たしかにでかいな？」

高さは父の身長ぐらいあるし、横幅も厚みも高さの倍近くある。

「あっちからおちてきたのかな？」

水路の右岸側、少し離れた場所に岩山があり、崖になっていた。

あたしは近づかずに岩山の上を見ると土砂崩れの跡らしきものが見える。

巨石は岩山の上から落ちてきて、地面を転がり、水路の上で止まったようだ。

だが違和感がある。

「あやしいな？」

岩から自然のものではないような、そんな雰囲気を感じる。

根拠はない。ただの勘だ。

「……かあさま。せんもんかに、しらべさせたほうがいい」

「そうね。ちゃんと調べて。もちろん安全には気をつけて」

「畏まりました」

従者に指示を出した後、母はしばらく巨石を眺めていた。

「うーん。取り除くには、どのくらいかかりそうかしら？」

「予算次第ですが、通常ならば二か月ほどかと」

答えたのは屋外の護衛を担当している従者のなかでもっとも年かさの者だ。

「予算に糸目をつけない場合は？」

「一か月まで短縮できるかと」

それを聞いて母は、村人には絶対聞こえないほど、すごく小さな声で呟く。

「……予算をかけるのと、税を減免するのとどちらが費用がかかるかしら」

その呟きはきっと、あたしとサラに聞かせるためのものだ。

その予算が、村から得られる税収より多いならば、税を免除しゆっくり作業した方が良い。

大公家から村人が生活できるよう金銭援助をしても、安くなるかもしれない。

母が考えている間に、あたしは年かさの従者に言う。

「そなた、くわしいな？」

「彼はいつでも執事代行も務められる優秀な従者筆頭だから、当然詳しいわよ」

「もったいなきお言葉。畏れいります」

母にも褒められて、従者は深く頭を下げた。

きっと、父が別邸の使用人をまとめるために送り込んだ上位の従者なのだろう。

母は少し考えたあと、領民に言う。

「いつまでに水路が回復すれば、今年の農作業に間に合うのかしら？」

「もう既にギリギリでございます」

「ひと月後ならば？」

「今年の農作業には到底間に合いません」

どうやら、巨石を除去する方法では、今年の農作業には間に合わないらしい。

「うかいろをつくるのは？」

あたしが尋ねると、すぐに従者が教えてくれる。

「水路敷設は簡単な土木作業ではありませんが、大急ぎで行なえば一週間もあれば、可能かと」

「一週間でも間に合いませぬ。本来、三週間前に完了していなければならぬ作業があり……」

従者の返答を聞いて、村人が悲しそうに言った。

「困ったわね」

母はそう呟くと、サラに向かって小さな声で尋ねる。

「サラは、どうしたらいいと思う？」

「……ぜいをなくして……ごはんをとどける？」

「そうね。それしかないかもしれないわね。ルリアは？」

あたしは少し考える。

サラの案は最悪の事態を防ぐための対処法だ。

本当は農業を行えて、税を払えた方が良いに決まっている。

「いわを……どける？」

「どうやって？」

「どうぶつに、てつだってもらう」

こちらを覗いているヤギたちならば、岩をどけられる。

あたしには、そんな確信があった。

「動物？　牛に曳(ひ)かせるの？　でも、この大きさだと村の牛だけでは……」

「それなら、たぶん大丈夫。ともだちにたのむ」

母とサラは怪訝な表情を浮かべている。実際に見せた方が早いだろう。

「ちょっとまってな。おーい、そこのヤギたち、こっちこ――い」

あたしは大きな声でヤギたちを呼ぶ。

「ルリア、なにを？」

母もサラも、侍女も従者たちも、そして村人たちもきょとんとしてあたしを見つめている。

「まあ、みてて」

ヤギたちは顔を見合わせると、こちらに向かって走ってくる。

ヤギの尻尾が勢いよく揺れているのが、とても可愛い。

ヤギがあたしたちのすぐ近くまでやってきて、

「ぬうっ！　総員！　構えよ！」

従者が身構える。

「まってまって！　てきじゃないよ！」

あたしは慌てて、ヤギたちと従者たちを止める。

ヤギたちがとても大きいので、従者たちは警戒したのだろう。

このまま近づけたら、戦闘になりかねなかった。

それほど、従者たちの殺気は鋭かったのだ。

「みんなともだちだからね？　落ちついてね？」

「ルリア。みんなって誰のこと？」

「ん？　ほら、そこにいるヤギとうしと、いのしし」

あたしがそう言った瞬間、ヤギたちの気配が変わった。

母が振り返り、ヤギたちを見て「ひぅっ」と声をあげた。

「……でっかい」

サラもびっくりした様子で、母にしがみついている。

「うっわあああ」「で、でかい！」「いったい、どこから？」

村人たちも突然騒ぎ出した。

「さっきからいたのに？」

「み、見えませんでした」「突然目の前に……」

怯えた様子の村人たちが叫んでいる。

「みえない？　みえてたけどな？」

「……お嬢様。我らにも見えませんでした」

「みんな、みがまえてたよね？」

「姿の見えない巨大な存在の気配を感じたから、身構えたのです」

どうやら、従者たちにも見えていなかったらしい。

「そんなことある？」

「恐らくヤギたちは姿隠しの魔法を使っていたのかと」

「む？　すがたかくしかー」

「姿隠しの魔法を使われると、よほど力量が高くなければ、見ることはできなくなります」

「……なるほど？」

あたしには普通に見えていたので、みんなにも見えていると思い込んでいた。

それに精霊はみんなに見えないので、気をつけているのだが、ヤギたちは精霊ではない。

もしかしたら、守護獣かもしれないが、守護獣は動物みたいなものなのだ。

「聖獣？　もしかしたら神獣かもしれません」

従者が呟いている。

少し、まずかったかもしれない。目立たない方がいいのだ。

とはいえ、今回は村人の生活、もっといえば命がかかっている。

農作業ができない農村は、満足にご飯を食べられなくなり、弱い者から死んでいくのだから。

やっぱり、自分の保身のために、できることをやらないのは違うと思う。

少しぐらい白い目で見られようと、目立とうと、村一つが助かるならその方が良い。

とりあえず、あたしは誤魔化すことにした。

「そんなことはどうでもよくて！　ヤギたち。いわをどけてほしいのだが！」

あたしはヤギたちの方へと歩いて行く。

「お嬢様、あぶのうございます！」

屋内警備担当、つまり一緒に隔離されている従者があたしを止める。

「だいじょうぶ。ともだちだからな？」

ヤギたちとは初めて会ったが、友達だとあたしにはわかる。

だが、従者が必死な顔で止めるので、近づくのをやめて、その場でヤギたちに言う。

「ヤギたち。このいわがな。すいろをふさいで、みんなこまっているんだ」

「めえ〜〜」「もぅ〜」「ぶぼ」

「どけられる？　ルリアもてつだうよ？　みんなでひっぱって、てこをつかって……」

あたしが作戦を大きな声でヤギたちに説明していると、

「めめめえ～」「もももぅ」「ぶぼぼぼ」

ヤギたちは「任せろ！」「大丈夫」「自分たちだけで余裕だ」と力強く言う。

「むりしなくていいのだよ？」

「めええ！」

ヤギと牛と猪は巨石にゆっくりと近づいていく。

領民は怯えた様子で、従者は警戒しながら、ヤギたちから距離を取る。

「ヤギたちは、ともだちだから、だいじょうぶだからね？」

もう一度あたしは、みんなが怯えないように念を押す。

ヤギたちは「めえめえ」言いながらしばらく巨石の匂いを嗅いだりした。

それが済むと、ヤギと牛は、巨石の下部に自分の角を押し当てた。

そして、猪は立派な牙を押し当てる。

「めええええええ！」「もももおおおお！」「ぶぶぶぼぼぼぼ！」

ヤギたちが同時に一歩前に進むと、巨石がぐらりと傾き、

「めええええ」「もおおおお」「ぶぼおおおお」

さらにもう一歩、ヤギたちが進むと、巨石がゴロゴロと転がった。

塞がれていた水が流れ出す。

「お、おお」「巨石が……」「水路が……」

村人たちは感動した様子で立ち尽くした。

「ありがと、ヤギ、うし、いのしし」

「めえぇえ～」「もおおお」「ぶぶいい」

あたしがお礼を言うと、ヤギたちは嬉しそうに近寄ってくる。

従者たちは迷ったが、ヤギたちを通してくれた。

「ありがとな～」

ヤギたちが頭を下げるので、順番に撫でまくった。

ヤギは毛が長くて柔らかくて気持ちが良い。

牛も意外と毛が長かった。猪の毛は少し硬かったが、これはこれでいいものだ。

「聖獣を従わせるとは」「いや、神獣だよ」

「聖女さま……」「ああ、精霊よ。ありがとうございます」

あたしがヤギたちを撫でていると、村人たちが平伏していた。

動物と仲が良いから、聖女と誤解されたらしい。

そして、ヤギたちも巨大なので、聖獣か神獣だと思われているようだ。

恐らくヤギたちは聖獣ではなく、守護獣であるのだが、説明が難しい。

「ちがうよ？　ヤギたちはただの大きい動物だし、ルリアは動物と仲がいいだけだよ？」

そう言ったが、村人は「聖女様」と「聖獣様」への感謝をやめない。

「謙虚だ」「……幼いのにさすが聖女」「神々しいヤギ様」

そんな村人たちに、母は冷静に告げる。

「頭を上げなさい。娘はただの人です。崇拝することを固く禁じます」

「で、ですが」

「いいですね？　すぐに頭を上げなさい」

村人は何か言いかけたが、母の強い口調に黙って頭を上げた。

そんな村人たちに母は笑顔で言う。

「もし、娘に、そして大公家に、わずかでも恩義を感じているならば口を閉じなさい」

「は、はい」

「よそ者には、特に司祭には、絶対に言ってはいけませんよ？」

司祭と母が言った瞬間、

「っ！　か、かしこまりました、肝に銘じます！」

村人たちも唯一神の教会に知られたら、まずいと理解したのだろう。

唯一神の教会は、精霊を目の敵にしているのだから。

「ありがとう。理解に感謝します。これで農作業はできますか？」

母は優しい口調で、村人たちに問いかける。

「はい、なんとか……聖じ……いえ、お嬢様のおかげさまで」

村人は聖女と言いかけて、言い直した。

「雨さえ降れば言うことはないのですが……」

そう言って、村人の一人は晴天の空を仰ぐ。

村人たちは、最近、村には雨があまり降らないと言っていた。

「あめがふったほうがいいの？」

「はい、聖、いえ、お嬢様。雨が降らなければ、薬草が……いえ！」

「ですが水路が開通したならば村は生きていけます！　ええ、なんとかしてみせますとも！」

村人はすごくやる気にあふれている。

だが、水路開通だけでは充分ではなく、雨が降らないと大変なのも間違いないらしい。

「ふむう～」

どうして、雨が降らないのだろう。

湖は水をしっかりと湛えているし、周囲の草木を見ても水が足りていないようには見えない。

「へんだなぁ？」

村にだけ雨が降らないことなどあるだろうか。

村のある場所が、特殊な地形なのだろうか。

「ヤギ、うし、いのしし。なんでだと思う？」

ヤギたちはきっとこの辺りに住んでいる動物だ。

だから、雨が降らない理由を知っていると思ったのだ。

「めえ」「もお」「ぶぼ」

ヤギたちが、どかしたばかりの巨石を鼻先で突っついた。

「むう？　岩になにかあるの？　岩をしらべる！」

あたしがそう宣言すると、従者たちが、村人を遠ざけてくれた。

あくまでもあたしは赤痘患者の濃厚接触者として、隔離中なのだ。

「ふむう～。この岩は……む？」

嫌な気配がする。それに巨石に怪しげな文様が彫り込まれていた。

とてもあやしい。呪いに関する何かのような気がする。

それは知識に基づかない単なる勘というべきものだ。

「……クロ」

あたしはごくごく小さな声で呟いた。

『人前で話しかけないで、なのだ』

地中からクロが、にょきっとはえた。

「……なにこれ？」

あたしは文様を指さして、本当に小さな声で尋ねる。

『呪術回路なのだ。魔法陣の呪術版と言えばわかりやすいかも？』

「……こうかは？」

『普通の精霊を近づけない結界のようなものなのだ。結構広い範囲を結界で覆っているのだ』

どうやら、犯人は呪術の心得があるか、呪術師に依頼したのだろう。

男爵といい、代官といい、最近呪いが流行っているのだろうか。

いや、まだ代官が犯人だと決まったわけではないのだが。

「まったく、きづかなかった」

あたしも、まだまだ修行が必要だ。

『気づかないようにする効果もあったのだ。クロも気づかなかったのだし』

「どういうこと？」

『つまり……』

クロが言うには、精霊や守護獣は無意識のうちにこの辺りに近づかなくなるらしい。

つまりこの結界に気づかないのも、効果のうちということらしい。

「なんのために、そんなことを……」

精霊をこの地から遠ざける目的がわからなかった。

「ルリア、何かあったの？」

すぐ後ろにサラを抱いた母がいた。まったく気がつかなかった。

「うおっ！　な、なんか、もようがあった！」

「ん？　何が書いてあるの？」「ルリアちゃん。なにがほってあるの？」

「わかんない、なんだろー」

精霊を遠ざける結界などと言っても、変に思われるだけだ。

「なんか、この岩、きになるのなー。しらべたほうがいいとおもう」

「そうねえ」「サラもいやなかんじする」

母は特に何も感じていないようだが、サラは嫌な気配を感じているらしい。

きっと専門家が調べたら、効果とか意味もわかるに違いない。

「うーむ、なんだろなー？」

描かれている模様を暗記して、あとで調べよう。

暗記するために、あたしは巨石に彫られた文様を指でなぞった。

——ビシッ
突如、大きな音がしたと思ったら、次の瞬間、巨石が割れた。

途端に周囲の雰囲気が変わった。

範囲はとても広い。周囲の森だけでなく、湖の方まで気配が変わった。

「お、おお……」

これほどでかい結界だったのか。

いくら気づかせない効果があったとしても、これに気づかないとは、本当に修行が足りない。

嫌な気配と入れ替わる形で、大気が精霊たちの気配で満ちた。

大量の、生まれたばかりで、ぼやぼやとした姿もとれないほど幼い精霊たちの気配だ。

その話せないほど幼い精霊たちは喜びの感情にあふれており、あたしも嬉しくなってくる。

「せいじょ、……いやお嬢様が触れたら岩が割れたぞ？」「わかんないけど……奇跡？」

「たぶん、もともと、岩はわれてたんだよ！　きせきじゃないよ？」

そう村人たちに向かって、誤魔化すために言ったとき、

——ザァァァァァ

いきなり、雨が降り始めた。

『精霊の雨なのだ』

そうクロが空を見上げて呟く。

空には雲はあるが、雨雲という感じではないし、太陽が出ている。天気雨というやつだ。

「雨が、雨が！　降り始めた！」「こ、こうしちゃいられない！」「失礼します！」

村人たちは一斉にあたしたちに深く頭を下げると、一人を残して、走り去った。

どうやら、雨の間にするべき作業があるらしい。

走り去った村人たちは本当に嬉しそうだった。

「あめがふってよかったなぁ」

「本当に、本当にありがとうございます」

残った一人の村人が雨の中、あたしたちに土下座していた。

「我が村の収穫物にとって、雨は特別なのです。お嬢様。雨をありがとうございます」

「ルリアがふらせたわけじゃないよ？」

「……それでも、ありがとうございます」

ただ、村人はお礼を繰り返した。

「頭を上げなさい。先ほども言いましたね？」

「これは大公爵家の皆様への敬意を表わしているにすぎませぬ」

そう言って、村人は頭を上げなかった。

「これで、村の皆も、妻も、子も孫たちも救われます。本当にありがとうございます」

そんな村人に母は優しく言った。

「あなたたち、なにも心配はいりません。代官の件も水利権も、大公殿下に万事任せなさい」

「ありがとうございます」

「……ただ、もう一度重ねて言います。我が娘のことは他言無用ですよ？」

母の言葉には圧があった。

「か、畏まりました。肝に銘じます。大公様が水路を開通させてくれたと口裏を合わせます」

「それで構いません。……後事は任せます。ルリア、帰りますよ」

従者たちのリーダーに後を任せると、母は歩き出した。

あたしと侍女も母を追いかけた。

別邸への帰り道、雨に打たれながら、あたしは母に尋ねる。

「このあとって、どうなるの？」

「そうねえ。調査次第だけど、代官は許されないでしょうね」

「そっかー」

「官職の褫奪（ちだつ）のうえ、十年単位の労働刑かしらね？　グラーフがどう判断するか次第だけど」

ここは大公家の領地なので、裁判権を持つのは父である。

「ぜいは？」

「税は……農作業が間に合うかどうかね。間に合うとしても、減らすかもしれないわ」

「まにあっても、へらすの？」

「そうよ。ルリア、サラ。覚えておきなさい。代官は領主の代理人なの」

「うん」「はい」

「だから、代官の罪は、領主の責任なの」

きっと、代官がかけた迷惑に対するお詫びの意味で税を減らすということなのだろう。

「めえ～？」

母の話に興味があるのか、ヤギが鳴いている。

ヤギも牛も猪も、それが当然であるかのように付いてきていた。

キャロとコルコは、いつも通り大人しいが、ダーウはヤギたちにじゃれついていた。

自分よりずっと大きい存在と遊べて嬉しいのだろう。

「む？　みずうみ、なにかかわった？」

「母には何も変わってないように見えるわね」

歩いている途中、ふと湖を見たら、何か変な感じがした。

『精霊がもどったからかもしれないのだ』

「なるほどー」

湖畔の別邸に来たとき、精霊が少ないと感じた。

呪術回路の効果が消えたので、湖の雰囲気も変わったのかもしれない。

「でも、それだけじゃないいきがする」

精霊の気配が増えた。同時になにか威圧感のようなものを感じる。

「ふむ〜」

あたしが湖を見て考えていると、母が近くを歩くヤギを撫でながら言う。

「……そんなことよりルリア、このヤギたちは一体？」「めえ〜〜」

「うーんと、ちかくの森にいたどうぶつたち」

「そ、そう。森にこんなに大きな動物がいたなんて……」「ぶぼぼ」

「べっていをでたときから、ずっとこちらをみてたよ？」

「気づかなかったわ」「もおぉ〜」

結局、ヤギたちは別邸まで付いてきた。

「みんな、今日はありがとうな？」

「めえ〜〜」「もおお」「ぶぼぼ」

あたしはヤギたちを撫でまくった。

しばらく撫でたら、ヤギたちは満足したのか、森の中へと帰っていった。

ヤギたちが去ると、母は本当にホッとした表情を浮かべた。

「飼うと言い出さなくて……良かったわ」

「かいたいけどなー」

「ダメよ。大きすぎるわ」

「そっかー」

別邸に戻ってから、あたしとサラはお風呂に入って、ご飯を食べて過ごしたのだった。

ルリアたちが去った後、最後まで平伏していた村人は大急ぎで村へと走って戻った。

アマーリアに対応を任されて、村人に同行した従者が尋ねる。

「雨はそれほど大事なのか？」

「もちろんです。我が村は麦や野菜も栽培していますが、主なのは、やはり薬草でして――」

村人は嬉しそうに、そして誇らしげに、村の特産品は高級薬草なのだと語る。

「うちの薬草は、高級治療薬の生成に欠かせませんからね」

「その治療薬には、私もお世話になったことがあるぞ」

「ありがとうございます」

村人は麦や野菜は水を撒けば良いのだが、薬草だけは雨でなければダメだという。

「はっはっ、俺たちもよくわかってないんですが、精霊の力が雨に含まれているとかで、はっはっ」

村人は息を切らして走りながら、目を輝かせていた。

どうやら、精霊の雨を浴びて育った薬草だからこそ、効果が高いということらしい。
「はっはっ、この辺りは精霊さまに守られた土地なんですよ」
そう自慢げに村人は言った。
従者と村人が村に着いたときには、村人たちは一心不乱に農作業を行なっていた。
降り始めた雨は、どんどん強くなり、今は豪雨に近い状態だが、お構いなしだ。
従者は村を視察した後、報告のために戻っていく。

村人たちは精霊への祈りを捧げつつ、農作業を行なった。
(聖女様)(大公家の末娘は聖女様だ！)(ありがとうございます聖女様)
皆、心の中でルリアのことを思い浮かべていた。
なんと謙虚で、素直で可愛らしい聖女様なのだろう。
(奥方様が言うなとおっしゃったし、言わないようにしないと)
ルリアに心底感謝している村人たちは、口にしなかった。
ただ「ありがとうございます。お嬢様」と毎日感謝の言葉を捧げるようになった。
お嬢様とは誰なのか。お嬢様に何の恩義があってお礼を言うのか。
よそ者に聞かれても、誰も口にしなかった。

巨石を水路から除去した日の夕方。

アマーリアは、遊び疲れて談話室で眠ったルリアとサラを優しく撫でていた。

「本当にお可愛らしい」

侍女はそう言って、微笑んだ後、

「昼間の……ヤギたちは何者だったのでしょうか？」

「さあ、一体何者なのかしらね」

「神々しい、まるで物語に出てくる神獣のような者たちでしたね」

アマーリアはルリアの隣でお腹を丸出しにして眠っているダーウを撫でる。

「わかっているとは思うのだけど……」

「はい、心得ています。ルリアお嬢様のことは口外してはならぬ。ですね？」

「ありがとう」

アマーリアは微笑みながら、考える。

ルリアは特別な存在だとは思っていたが、想定していたよりも特別な存在らしい。

あのヤギたちはどう考えても普通の動物ではなかった。

（ルリアがなぞっただけで、巨石が割れて雨が降り始めたわね）

この地域は精霊の力が強いと言われている。

村の特産品の高級薬草も、精霊の雨のおかげで効果が高いと言われている。

精霊の雨の真偽などわからないが、薬草の治療効果が高いのは確かだ。
(もしかしたら……本当に聖女なのかしら)
昔、この国を治めていた聖王家には聖女が生まれたという。
そして、現在の王家は、聖王家の分家だ。
血のつながりがあるので、聖女が生まれてもおかしくはない。
アマーリアが真剣に悩んでいると、
「……かぶとむし？　うまいな？」
ルリアが恐ろしい寝言を呟いた。
「ルリア、かぶとむしは美味しくないわよ？」
「…………うまく……ないかぁ。むにゃ」
そんなルリアを撫でながら考える。
このまま屋敷の中で大切に育てるのが良いのか。
今日のように、少しずつ外に出す方が良いのか。
(考えても、中々結論が出ないわね)
ルリアを男爵邸に連れていく前から、アマーリアもグラーフも考えていた。
どう考えても、ルリアは規格外の力を持っている。
……このままでいいのだろうか。
(ルリアは、能力が規格外なのに、常識がないのよね)

ルリアは巨大なヤギたちを手懐けることが異様だと知らない。

だから、目撃者が沢山いるのにやってしまう。

巨石に描かれた文様をなぞっただけで破壊したのも異様なことだ。

だが、ルリアはあまり気にしていない。

屋敷に閉じ込めているのだから、常識がないのは仕方ないことではある。

（どうすべきなのかしら）

常識を少し身につけさせるいい機会だと、直訴の場に連れて行った。

貴族とは違い、領民には赤い髪に対する偏見も少ない。悪意にさらされる可能性も低い。

それに隔離中という理由もあるので、領民との距離は保たれる。

優秀な従者もいるので、守ってくれる。

だから、アマーリアはサラとルリアをその場に連れて行った。

（ルリアは、私の想定よりずっと規格外だったわね）

規格外の力は、不幸をもたらしかねない。

親として守るといっても、いつまでも守れるわけではない。

親は子より先に死ぬのだから。

ルリアはまだ五歳。普通は、親の庇護のもと、ただ守られていればいい年齢だ。

そう考えて、グラーフもアマーリアもルリアを外に出さず、悪意から守り続けた。

（ルリアに、身を守る術を……剣術だけでなく）

いつルリアの祖父である王が、縁談を持ってくるかわからない。
それに数年後には第二王子の娘として社交界に出なければならなくなる。
少しずつ、外に出る経験を積ませた方が良いのではないだろうか。
雨が窓を激しく叩く音を聞きながら、
（グラーフと相談しないと）
アマーリアはグラーフに宛てて手紙を認め始めた。

◇◇◇◇

その者は数十年、数百年、いやもしかしたら数千年前からその場にいた。
そして、ずっと耐えがたい苦痛を感じていた。
（どうして僕がこんな目にあわなければならないの？）
暗くて寒くて、痛くて苦しくて、寂しい。
自分がここにいる理由も、記憶の彼方で曖昧になりつつある。
全裸で雪山に放り込まれたかのように寒い。
全身を目の粗いヤスリで削られ続けているように痛い。
内臓が悲鳴をあげている。強烈な吐き気がするのに吐くものがない。頭が痛い。
耳元で、誰かが誰かを呪うおぞましい言葉がずっと聞こえる。

（もういやだ、たすけて、……だれかたすけて。いたい、……さみしい）
かつてあった高潔な志が、年月と共に薄れゆくのはやむを得ないことだった。
その者は世界を呪い始めていた。
その者が、世界に向かって助けを希い、同時に世界に向かって呪詛を吐きかけたとき。
ルリアが巨石に刻まれた呪術回路を破壊した。
（……？）
その者の頭上の空間に亀裂が入り、光のようなものが届いた。
物理的な光ではない。精霊の輝きのようなものだ。
（あそこから、外にでられるの？）
その光はその者にとって希望だった。
体を蝕む耐えがたい苦痛が少しだけ、ほんの少しだけ和らいだ気がした。

四章　五歳のルリアと真夜中の冒険

『ルリア様、ルリア様！』

真夜中、熟睡してたあたしはクロに揺り起こされた。

今日は色々あったので、とても眠い。

手紙を書いて巨石を取り除いた後、サラと「精霊を運ぶゲーム」をしたのだから。

「まだ……よるだよ？」

『ルリア様。起きないと後悔するのだ』

「むう……」

目を覚ましたあたしが、最初に思ったことは、

「せいれいなのに、クロはルリアをゆらせるのなぁ……」

ということだった。

精霊は物理的な存在ではないのに、あたしの体を揺らせるとは。

不思議なこともあるものである。仕組みが謎だ。

ちなみに、前世の精霊王ロアであっても、あたしの体を揺らすことはできなかった。

『寝ぼけてるところすまないのだ』

「どした？　まあ、クロもねるといい」

クロを摑んで布団の中に入れる。

『だめなのだ。急ぎなのだ！』

クロは慌てた様子だ。かなり大きな声で叫んでいる。

「む？　ほんとうにどうした？」

あたしは、眠い目をごしごしこすって、ちらりとサラを見る。

サラはコルコを抱きしめて、気持ちよさそうに眠っていた。

「サラをおこさないよう、小さな声でな？」

『サラにはクロの声は聞こえないのだ！』

「……たしかに？」

理屈ではそうなのだが、不思議な感じがする。

『フクロウたちが教えてくれたのだけど、死にそうな子がいるのだ』

「む？　けがしたこがいるの？　それともびょうき？」

『呪いなのだ。……でも、助けに行くのは危険なのだ』

マリオンの呪いについて、クロは教えてくれなかった。

それはあたしの身の危険を考えてのことだ。

そんなクロに、危険でも何かあったらちゃんと教えて相談してくれとあたしは言った。

その約束を守ってくれたのだ。

「ありがと。クロ」

『危険なのだ……。でも、……どうしたら、いいのだ？』

クロは困っている。

「もちろん。たすけにいく。場所はどこ？」

あたしは気持ちよさそうに寝ているダーウを揺り起こしながら、クロに尋ねた。

「……ぁぅ？」

「ダーウ、ねているところすまぬな？」

「……ぁぁ〜ぅ」

ダーウは大きく伸びをする。

そして、寝台から降りると、気にするなと言うかのように、あたしの頬をペロリと舐めた。

『えっと、この別邸から、湖にそって人の足で三十分ぐらいなのだ』

「とおいな？　でもダーウなら、ごふんぐらい？」

「ぁぅぁぅ！」

ダーウは、もっと早いと言っている。

サラを起こさないように小さな声で鳴いてくれていた。

「わかった。いこう」

『でも危険なのだ』

「どんな、きけん？」

あたしもクロに相談すると約束した。

本当のことを教えてもらったあと、後先を考えずにつっこむのは相談したとは言わない。

『呪われた子の周りに呪者がいて……。ルリア様でも怪我してしまうかもしれないのだ』

「そのじゅしゃ、ダーウとどっちがつよい？」

ダーウは胸を張って「任せろ」と目で言っている。

『ダーウのほうが強いと思うのだけど……数が多いから簡単ではないのだ』

「じゃあ、その呪われた子を、だっこしてにげるのはどう？」

『それはできないのだ。呪われた子は半分呪者みたいになっちゃってて』

「むむう。呪いをとかないと、たすけられないのか」

『うん。ルリア様なら解呪できるけど、その子も暴れるし、呪者が攻撃してくるから……』

呪者の攻撃をかわしつつ、暴れる子の解呪をするのは難しそうだ。

「うーむ。じゅしゃをたおしたあと、かいじゅするしかないな？」

『……でも不安なのだ』

「やばそうなら、にげよう。それならどう？」

『……うん』

クロは不安そうながらも、なんとか納得してくれた。

あたしはタンスから兄の服を取り出して、寝間着から着替える。

男の子向けの服だからか、動きやすい。それにポケットが多い。

「キャロもいこう。せんりょくだからな？」

「きゅ」

キャロはダーウの背中に乗った。

「コルコは……」

コルコはサラに抱きしめられている。

コルコを連れていくと、サラが起きたとき寂しいだろう。

「コルコはおるすばんのほうがいいな？」

「こ」

コルコは「いや自分も行く」と力強く言っている。

静かに、そして優しくサラの腕の中から離れると、クチバシの先でそっとサラの髪を撫でる。

「こぅ」

「クロ、サラはだいじょうぶかな？」

『だいじょうぶなのだ。呪者は精霊を優先的に狙うから。サラは狙わないのだ』

「そっか」

『それに本邸から鳥の守護獣たちが来てくれているから、この屋敷は安全なのだ』

それならば心強い。

「じゃあ、コルコも行こう」

「こっ」

あたしとキャロ、コルコはダーウの背中に乗って、窓まで移動する。

「む？」

窓からは護衛がいる建物が見えた。

「これはよくない」

護衛、つまり大公爵家の従者たちは非常に強いのだ。

窓から脱出しようものならば、バレかねない。

「ちがうまどにいこう」

『それならこっちなのだ！』

クロが飛んで誘導してくれる。

その後ろをダーウとその背に乗ったあたしとキャロ、コルコがついていく。

「ダーウしずかにな？」

「…………」

ダーウは速いのに、足音をほとんどたてずに走ってくれる。


『こっちに死角があるのだ』

クロは建物と木の陰になって、ちょうど護衛の建物から見えない場所に案内してくれた。

「こんなばしょがあったとは」

あたしはほんとうに小さな声で話す。

『放置してたら、危険かもしれないのだ』
「たしかに」
あたしが窓を静かに開けると、ダーウが音もなく外に飛び出した。
雨はまだ降り続いている。豪雨と言っていい状態だ。
『ついてきてほしいのだ』
「……」
先導してくれるクロの後ろを、ダーウは静かに走って行く。
あたしとキャロとコルコはダーウの背中の毛をがしっと摑む。
月が出ていないので周囲は暗い。
とはいえ、護衛の中には暗視の魔法を使える者もいるだろう。
だから、見つからないよう、湖から少し離れて、森の中を走って行く。
森の中は一層暗い。
だが、輝くクロがいるので、あたしやダーウ、キャロの目には充分明るかった。
夜目が利かないにわとりのコルコにとっては、充分な明るさかどうかはわからない。
だが、コルコはしっかりと前方を睨み付けていた。
しばらく走って、護衛の建物から充分離れたと判断したあたしはクロに声をかけた。
「けっこうとおいな？」

『うん。もう少しかかるのだ』

あたしは空を見る。分厚い雨雲に覆われて星は見えない。

いつもの鳥たちはあたしの上を飛んでいない。

小屋を出て、数分後。濃い呪いの気配が漂ってくる。

『この気配は……まずいのだ』

そう、クロが呟いた直後、

「めええええ！」「もおおお」「ぶぼぼぼぼ」

――バサバサ
「ホッホォ！」「キュウウイ」

ヤギ、牛、猪の鳴き声と戦う音、フクロウと鷹の鳴き声と羽音が聞こえてきた。

ヤギたちとフクロウたちが戦っている相手は少し猫に似ていた。

ダーウぐらい大きな猫だ。獅子や虎に近いかもしれない。

「なに、……あれ」

だが、猫と違うのは、全体が銀色でドロドロと溶けていることだ。

まるで水銀で作った大きな猫の像のようだ。

碧(あお)い宝石のような目が四つ、口は本物の猫よりも大きく裂けていて長く鋭い牙が並んでいた。

異様な生き物だ。いや、生き物と言っていいのかわからない。

クロが大きな声で叫ぶ。

『あれが呪者なのだ！　でも数が……』

「キシャアア」

相当な距離があるのに、フクロウたちと戦っていた呪者はクロの声に反応してこちらを向いた。

そして一気にこちら目がけて駆け出そうとし、ヤギたちとフクロウと鷹に止められている。

激しい戦いだ。

ヤギたちは一頭当たり十体ほどの呪者を相手にしていた。

呪者はヤギたちより小さいが、数が多く素早い。ヤギたちも苦戦しているようだ。

フクロウと鷹はヤギたちを援護する形で、自分より数倍大きい呪者と戦っている。

戦いながら、フクロウと鷹が、

「ホッホォオ！」「ピィイイ」

危ないと叫んだ。

次の瞬間、あたしたちの右横から、別の呪者が跳びかかってきた。

ヤギたちと戦っていたのと大きさも姿もそっくりな、水銀の猫のような呪者だ。

『ひぅ』

あたしたちのなかでもっとも右にいたクロが、悲鳴をあげる。

クロは避けようとしたが、全速力で呪者に向かって移動していた最中だ。

体を翻すのが一瞬遅れる。

「だめっ！」

あたしは、跳びかかってきた呪者に手のひらを向けた。

何かしようと思ったわけでも、何かできると思ったわけでもない。

単なる無意識で、咄嗟の行動だ。

「ギシャッ」

だが、こちらにものすごい勢いで突っ込んできていた呪者は体を大きくそらして止まる。

まるで、頭に高速の石をぶつけられたかのように見えた。

「ココォォォッ」

コルコが矢のように飛び出すと、仰け反った呪者の頭を鷲づかみにして引き倒す。

すると呪者の水銀のような体表が鋭い針に変化した。

まるでヤマアラシのようだ。

顔面を摑みクチバシで呪者の目を抉ろうとするコルコを、呪者はその針で貫こうとする。

「コルコあぶない！」

「ココゥ！」

突き刺されそうになってもコルコは全くひるまない。

だが、このままではコルコは無事ではすまないだろう。

その呪者にダーウはまっすぐ突っ込む。

ダーウは鋭い針など全く気にせず、呪者の首に嚙み付くと、

「がうがうがうがうがうがぅ！」

ぶんぶんと振り回す。

それはまるで、剣術訓練の際に振り回す木の棒のようだ。

ビタンビタンと呪者は、周囲の木々と地面にぶつけられ、水銀のような体があたりに散らばる。

『上から！』

クロが叫んだ直後、普通の猫ぐらいの大きさの呪者が頭上から降ってきた。

「まず――」

あたしは咄嗟に反応できなかったが、

「きゅる！」

キャロがあたしの頭に飛び乗って、

「きゅうきゅうきゅう！」

その呪者の首に噛み付いて、

「ギャアアア」

悲鳴を上げる呪者を、地面に叩きつける。

「ガウガウガウガウガウ！」

ダーウは跳びかかってきた呪者を振り回し、地面に落ちた呪者を前足の爪で斬りさいた。

呪者を倒し終えたキャロとコルコが、ダーウの背中に素早く戻ってくる。

『さ、さすがダーウなのだ』

怯えたクロはあたしのお腹にしがみつきながら呟いた。

「ダーウ、キャロ、コルコ、たすかった。ありがと」

「わふ」「きゅ」「こぅ」

「呪者はしんだか？」

『うん。そいつは死んだのだ。でも……』

フクロウと鷹は依然として激しい戦闘の最中だ。

だが、この調子で一体ずつ倒していけば、なんとかなる！

そう思った次の瞬間。

――ギジャアアアア
ヤギたちやフクロウたちの向こう側からおぞましい声が聞こえた。

「なに？　あれ？」

現われたのはヤギよりも一回りは大きい巨大な呪者だ。

体はほかの呪者と同じく水銀のような銀色で、大きく裂けた口を持ち、四つ足で歩いている。

違うのは背中に大きな羽があることだ。

「とぶのか？」

『わ、わかんないのだ』

その巨大な呪者の気配は、他とは全く違った。

巨大な呪者は、大きく口を開けて近くにいる呪者を食らった。

「……たべてる」

食べ終わると呪者が発する呪いの力が増した気がした。

『ここまで呪いが進んでいるなんて……』

「クロ？　どういうこと」

『あの子が呪われちゃった守護獣なのだ』

その呪者にしか見えない子が守護獣のなれの果てらしい。

「じゅしゃにしかみえないけど？」

『呪いの核を無理矢理飲まされて、呪者に変化させられてしまったのだ』

「解呪は？」

『きっともう無理なのだ。……悲しいけど倒すしかないのだ』

クロは本当に悲しそうだ。

そのとき、ヤギがまとわりつく呪者を振り払って、その呪われし守護獣に突撃して頭突きする。

「メエエエエエ！」

――ギニャアアアア
呪われし守護獣は悲鳴を上げると、水銀のような体を周囲にばらまく。

そして、全方位に風の刃の魔法を放った。

ヤギたちは避けずに受ける。血が周囲に飛び散ったが致命傷ではなさそうだ。

当たったら致命傷になりかねない体の小さなフクロウたちは、たくみに避けた。

あたしの方にも風の刃が飛んでくる。

「まずっ」

あたしは咄嗟に、飛んできた風の刃に手の平を向けた。

不意に石が飛んできたときに、思わず自分をかばってするのと同じようにだ。

――バシュン
あたしに向かって飛んできた風の刃はなぜか霧散した。

同時に「いたいいたい、たすけて、くるしい」という声が聞こえた気がした。

「……クロ。あの子、まだ生きてるな？　じゅしゃになりきってないな？」

『え？　それはそうだけど、時間の問題なのだ。もう治すのは無理なのだ！』

「そんなことない！」

クロはそう言うが、解呪できるとあたしにはわかった。

なぜわかったのかはわからない。ただの勘のような気もするし、本能的な直感かもしれない。

だが、あたしは解呪できると確信していた。

「ダーウ！　あの子にむかってはしって」

「ばう！」

「いっきにちかよって、かいじゅする！」

「ばうばう！」

ダーウは走り出す。あたしたちを止めようと、呪者たちが殺到する。

周囲の呪者の気配は、十やそこらではない。数十、いや百を超えていてもおかしくない。

ヤギたちと戦っていたのとは別に、その数倍もの呪者がこの周囲にいたようだ。

『ルリア様、いったん退いた方がいいのだ』

「にげる？」

『ルリア様の安全のためにはそれが一番なのだ』

「でも、逃げたらまにあわない」

『それは、そうだけど、……恐らくもう間に合わないのだ』

そう言ったが、クロは複雑な表情を浮かべている。

クロにも間に合うか間に合わないかの確信はないのだろう。

「クロ、あんしんしろ。まにあう」

『なぜそう言えるのだ？』

「かん（勘）！」

あたしたちに向かって同時に四方から呪者が殺到してくる。

「くんな！」

あたしは一番近い呪者に手をかざして叫ぶ。

意味があるのかないのかもわからない。

だが、同じことをして、先ほどの呪者は吹っ飛んだ。

その仕組みも理由も、わからなかったが、試してみようと思ったのだ。

「ギシャッ！」

やはり、呪者は吹き飛んだ。

「ふむ？」

『ル、ルリア様。あ、もしかしたら』

「どした。クロ？」

『説明はあとなのだ！　呪者に消えろって力一杯念じてみて！』

「わかった」

クロがそう言うなら、試してみる価値がある。

「きえれぇぇぇぇぇ！」

あたしは強く念じながら叫んだ。

その次の瞬間、体から力が一気に抜ける感じがした。

ダーウの背中の毛を掴む手から力が抜けて、一瞬落ちそうになった。

「あぶ、あぶ。おちるとこだ」

「わふ？」

「だいじょうぶ、ダーウはしって」

なんとか、毛を握り直して、体勢を整える。

一瞬だけ足を緩めたダーウは、フクロウたちのところに向けて再び加速する。

そのとき、クロが叫んだ。

『やったのだ！』

「む？　なにが？」

『呪者は……滅びたのだ』

「え？　なんで？」

あたしはきょろきょろと周囲を見回す。

「わ、わふぅ」

驚きすぎたダーウが足を完全に緩めて、とことこ歩く。

ヤギたちやフクロウたちと戦っていた呪者も全てもういない。

苦しいほどに立ちこめていた、呪者の嫌な気配も、ほぼない。

「ク、クロ、どういうことなのだ？」

「わふぅわふ？」

混乱してクロみたいな口調になってしまった。

ダーウも混乱していた。

◇◇◇◇

ダーウの背中に乗ったルリアが手をかざし、

「くんな！」

と叫んで呪者を吹き飛ばしたとき、その威力にクロは驚愕した。

（えっ！）

やはりルリアは特別だ。今のは魔法とも少し違う。

聖女の力とでも言うべき、呪者に特効のある強力な力だ。

（もしかしたら、いけるのだ！　ルリア様は、クロが思うよりずっと強かったのだ）

だから、クロは呪者に対して「消えろ」と強く念じるよう、ルリアに言った。

ルリアが念じて、呪者を吹き飛ばしたのと同じ力を発すれば足止めぐらい容易にできる。

足止めできれば、呪われし子の解呪に、ルリアが専念できる。

解呪できれば、全員無事に逃げ出すこともできるだろう。

「わ、わかった」

ルリアは素直に頷き「きえれー」と叫んだ。

次の瞬間、ルリアの力が、周囲をなぎ払った。

それは先ほど呪者を吹き飛ばしたのと同じ力。だが出力が段違いだ。

精霊や守護獣、そして動物たちには、全く悪影響を与えず傷を癒す聖なる力。

あえて名付けるならば「癒しの風」とでも言うべき、ルリアの力だ。

「癒しの風」いや「癒しの暴風」が周囲を舐め尽くす。

蠢いていた大量の呪者は、全て浄化され天に還った。

付近に溜まっていた呪力も全て浄化されている。

呪われし子の銀色の体も八割がた吹き飛んだ。

『…………』

想定していた以上のあまりの威力に、クロは固まった。

（どういうことなのだ？　まだクロは力を貸してないのに）

ルリアが力を発動させた直後に、クロは力を貸すつもりだった。

だが、貸す暇すらなかった。それほど速く威力が凄まじかった。

普通の魔導師ならば、精霊が魔力を貸し、その魔力を魔力回路に溜めてから魔法を発動する。

だが、ルリアは精霊でもあるので、自力で魔法を発動できるのだ。

だから、魔法の発動に合わせて、魔力を貸した方がいい。

魔力回路に魔力を溜めるという行為それ自体、体の負担になるのだから。

そう考えてタイミングを見計らっていたら、全て終わっていた。

ルリアはクロが考えていたよりも、はるかに強かった。

「ク、クロ、どういうことなのだ？」

混乱しているルリアに尋ねられて、クロは我に返る。

『えっと、詳しく話すと長くなるからあとで。簡単に言うとルリア様が解呪したのだ』

「え？　解呪って、呪者を……え？」

『詳しくはあとなのだ。それより大丈夫？　意識がもうろうとしていない？』

並の術者には不可能な出力だ。死んでいてもおかしくない。それほどの威力だった。

「すこし、つかれたな？」

『疲れるはずなのだ』

やはりルリアは疲れたらしい。

今回、精霊たちはルリアに力を貸していない。

だというのに、あれほどの威力を出せたことが異常だった。

いや、精霊が力を貸したとしても、あれほどの威力を出せる術者はいない。

ルリアはほんとうに桁違いの存在らしい。

（きっとルリア様は前世より強いのだ）

だが、これほどの力の行使が体に良いわけがない。

ルリア自身は、少し疲れたとしか言っていないが、気絶しそうなほど疲れているに違いない。

（やっぱり危険なのだ）

ルリアは自分のできることを知れば、何度だって使おうとするだろう。

守護獣や精霊を助けるためならば、自分の身を顧みず使ってしまうに違いない。

そうなれば、健やかな成長が阻害される可能性も高い。

疲れ果てれば当然病気になりやすくなる。

早死にする可能性だって高くなる。

（大人になるまで……、強力な力は極力使わせないようにしないといけないのだ！）

クロは強い決意をもって、ルリアの顔をじっと見た。

すると、ルリアはにこりと笑って、撫でてくれた。

◇◇◇◇

あたしが「すこし、つかれたな？」と言っても、クロはぼーっとこちらを見つめていた。

クロは、緊張が解けて気が緩んだのだろう。

さっきまでブルブル震えて怯えていたので致し方のないことだ。

あたしは心の中で「ルリアにまかせて」と言いながら、クロのことを優しく撫でた。

クロの分まであたしがしっかりしないといけない。

「ダーウ。のろわれた子をたすけないと！」

「わふ！」

混乱して走るのをやめていたダーウが走り出す。

呪者がいなくなったのなら、安心して解呪ができる。

巨大な呪われた子は、半分ぐらいの大きさになって倒れている。

どうやら、半分ぐらい解呪できたようだが、まだ呪いは完全に解けていない。

呪われた子の近くにダーウがたどり着いたので、背から飛び降りる。

「ありがと、ダーウ！」

「……ぎやああ」

その子の体長は、先ほどの半分ぐらいになっている。

だが、四つ足で、羽が生えており、口が大きく裂けているのは変わらない。

「あんしんしろ。すぐにかいじゅする」

あたしは、その子の銀色の体に両手で触れる。

銀色のなにかが、侵食しようとしているような嫌な感触がする。

「のろい、あっちいけー」

あたしは気合いを入れて叫んだ。

——バシュン
不思議な音して、銀色の体が蒸発するかのように消える。

「……ウ……ウ……」

消えたあとには、小さくて真っ赤で綺麗な竜がいた。

意識が朦朧となりながら浅い呼吸を繰り返している。

「え？」

あたしは言葉を失った。

そこにいたのは、死んだはずの精霊王ロアだった。

「いや、そんなわけないな？　でも……そっくり」

きっとロアではないのだろう。でもロアに生き写しだった。

その赤い竜は、前世のロアよりも二回りぐらい小さい。

体長はあたしのひじから指の先ぐらいの長さしかない。

だが、体の比率は、ロアそっくりだ。
背中に生えた二枚の羽は、広げれば体長ぐらいあるだろう。
尻尾は、ロアと同じく体の割に太かった。
そのロアそっくりの小さな赤い竜は傷だらけだ。
鱗が何枚も砕けていたり、剝がれ、鱗の内側の肉から血が流れていた。
羽が破れていて、骨も折れている。
あたしは、そのロアにそっくりの赤い竜の子を抱き上げた。
竜の子は、暴れるかと思ったが、暴れなかった。
「……ゅぃ」
赤い竜は力なく鳴いて、あたしの顔を見る。
傷だらけの体を動かし、あたしのお腹に顔をくっつけて、
「……ゅ」
かすかに甘えるように鳴いた後、目をつぶった。
まるで母竜に抱かれた子竜のように、安心した表情を浮かべている。
だが、まだ息が荒い。
あたしに抱かれる赤い竜に、ダーウが心配そうに鼻を近づけて匂いを嗅いだ。
キャロもコルコも、ヤギたちもフクロウたちも、心配そうに、赤い竜を見守っている。
「……あんしんしろ。すぐ治すな」

『ま、まって、ルリア様。疲れているのに、いま治癒魔法を使ったら――』

ぼーっと、赤い竜を見つめていたクロが慌てたように言う。

「クロ。ルリアは、またない」

痛みに苦しんでいる赤い竜の子を前にして、待つことなどできない。

クロがあたしの体を労(いたわ)ってくれているのはわかる。

魔法を使って、背が伸びなくなるのも本当は嫌だ。

だが、この赤い竜が、痛くて苦しんでいるのはもっと嫌だ。

「クロ、心配してくれてありがとうな」

『この子はすぐに死んじゃうような状態じゃないのだ。いま無理したら、ルリア様が』

「しぬわけじゃなくても、いたいしつらい」

『でも！』

「クロ、ちからをかして？」

『…………』

「かしてくれなくても、ルリアはやるが？」

そう言うと、クロはほんとうに困ったように、目をぎゅっとつぶった。

『し、しかたないのだ！　でも、全部治さなくていいはずなのだ』

「ありがとうクロ」

あたしはクロから魔力を借りて、治癒魔法を発動する。

竜の子の怪我が瞬く間に癒えた。

呼吸が静かになって、安らかに眠り始めた。

「これでよしかな？」

『もう大丈夫なのだ』

クロもほっとして胸をなで下ろしている。

あたしはこれ以上雨にうたれないよう、竜の子を服の中に隠す。

服がもうびしょびしょなので、効果は低そうだ。急いで帰るべきだろう。

だが、その前にしなければならないことがある。

「みんなのけがもなおすな？」

『みんな、怪我はないのだ！』

「そんなわけない」

クロはあたしに治癒魔法を使わせないためにそんなことを言うのだろう。

だが、あれだけの戦いがあって、怪我をしていないわけがない。

『ほんとなのだ！　みんな並ぶのだ！』

「めえ～」「もお」「ぶぼぼ」「ほっほう」「きゅ」

ヤギたちが、大人しく並ぶ。ダーウ、コルコ、キャロも並んでいる。

『ほら、疑うなら怪我してるか診るといいのだ！』

「むう。わかった」

あたしは順番に全員の状態をじっくり調べていく。

真夜中だし、雨の中だが、確認は手を抜けない。

「…………ほんとだ。けがしてない」

『だから言ったのだ！』

「みんな、つよいのだなぁ」

「めえ～」

ヤギたちは誇らしげだ。

「みんな、けがはなかったけど、あとでいたくなっら、ちゃんとルリアのへやにきてな？」

「めめぇ」「もぅ」「ぶぼぼ」「ほう」「きゅうきゅ」

最後に順番に全員を撫でてから、帰路につく。

あたしとキャロ、コルコを乗せて、激しい雨の中ダーウは静かに走った。

「あめのおかげで、音がまぎれていいね？」

「わふ」

服の中に入れた竜の子を右手でしっかりと抱えて、左手でダーウの毛をがっしり掴む。

「けんじゅつのくんれんが、やくにたったな？」

『そうなのだ。とくに握力が大事なのだ』

毎日剣を強く握って振り回しているので、握力も強化されている。

あたしの握力は並の五歳児の比ではないのだった。

「りゃあ～」

走っていると、服の中に入っている竜の子が湖に向かって手を伸ばした。

「……どした？」

「……りゃむ」

竜の子はじっと湖を見つめていた。

あたしも湖を見た。真っ暗な湖面に雨粒が落ちている。波はいつものように穏やかだ。

「ふおんな……けはい」

言葉にできないが、少し怖い気がした。嵐の前触れのような、そんな気配だ。

「はやくかえらないと」

これ以上天候が荒れる前に、早く帰らねばなるまい。

ダーウと一緒に急いで別邸に帰ると、そのまま部屋まで戻った。

部屋に戻ると、サラは静かに眠っていた。

「かわいい。あ、ダーウまだだめ」

「わふ？」

ダーウが寝台に入ろうとしたので止めた。

「あめでぐちゃぐちゃだからな？　サラがぬれてかぜひく」

「あぅ」

あたしはサラの頭を優しく撫でると、兄の動きやすい服を脱ぐ。

次に寝ている竜の子の体をしっかり拭いて、サラの隣に入れた。

「サラはあったかいから、あっためてもらうといい」

それから、びしょびしょの服を乾かすために干しておく。

「ダーウ、キャロ、コルコ、おいで」

「わぅ」「きゅ」「こ」

あたしはダーウ、キャロ、コルコを、しっかりと拭いた。

みんなを拭き終えたあと、自分の髪と体も拭く。

「これでよしっと」

しっかり体を拭いた後、あたしは下着一枚で、ダーウたちと一緒に寝台に潜り込む。

「ふわぁぁ。ねむい」

『ルリア様は眠るといいのだ』

布団の中に入ったせいで、一気に睡魔に襲われる。

寝台で横になると、クロに尋ねた。

「クロ。この子……おやは？」

『たぶん、いないのだ』

「さみしいな。……なら、……この子がおきたらルリアが…………名前をつけてあげないとな」

ものすごく眠い。

あの解呪で、自分が思うよりも魔力と体力を使っていたらしい。

まぶたが閉じそうになるが、なんとか踏ん張る。

だが睡魔が限界だ。名前は明日考えるしかないかもしれない。

半分夢の中で、どんな名前にしようかなと考えていると、

『名前をつける必要はないのだ』

クロの声が聞こえた。

「………なん……で？」

もはや、夢か現実かよくわからない。

『その子の名前はロアだから――』

クロの言葉を全部聞く前に、あたしは夢の世界に落ちていった。

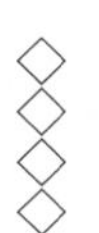

ルリアが眠りに落ちた後、クロはロアのことを撫でる。

『よくぞ、おかえりになられました』

精霊は死んでも、魂ごと滅せられないかぎり転生する。

今回、ロアは肉の体を持った精霊、つまり守護獣として転生を果たしたようだ。

きっとルリアの前世、ルイサを温めてあげられなかったことが強い後悔として残ったのだろう。

だから、肉の体を持つ守護獣に転生したのだ。

『なにも心配することはないのだ。ルリア様は幸せに健やかに過ごしておられるのだ』

「ゆぅ……」

ロアは静かに眠っている。

肉の体を持たない精霊から、肉の体を持つ精霊に転生したせいか、記憶はないようだ。

ルイサからルリアへは、人の体から人の体への転生なので記憶は残った。

ルリアは守護獣っぽい存在で、精霊王のような存在でもあるが、あくまでも体の基礎は人族だ。

変わったのは主に魔術回路なので、記憶が残ったのであろう。

ロアに前世の記憶はなくとも、魂に刻まれた思いは残る。

だから、ロアはルリアのそばに現われたのだ。


クロは悩みながら、別邸の外に出て、フクロウたちとヤギたちのもとに向かう。

別邸から少し離れた森の中。ヤギたちは木陰で雨にうたれていた。

『さむくないのだ？』

「めえ」

ヤギは余裕だと言う。守護獣たちの毛は水をはじくのだそうだ。

真冬の雨や雪ならばともかく、春の雨程度なんてことはない。

『寒くないならばいいのだが……そなたたち。本当に助かったのだ』

「めめええ（当然のことをしたまで）」「ほっほう（礼には及ばぬ）」

『そなたたちがいなければ、ロア様の呪者化はもっと進んでしまったに違いないのだ』

どこかで生まれたロアは、悪い呪術師に捕まり、呪いをかけられたのだろう。

『精霊と守護獣を近づけない結界……』

ルリアが破壊した巨石に仕込まれていた呪術回路。

それによる結界で、あの辺りには精霊が少なくなっていた。

精霊も守護獣たちも、無意識にあの辺りに近づかなくなる効果があった。

あれは、きっと邪魔されずにロアの呪者化を進めるための仕込みだ。

実際、ルリアが結界を破壊するまで、フクロウたちもヤギたちもロアの存在に気づかなかった。

『守護獣を呪者化するのはとても難しいし時間がかかるのだ』

ロアは赤子とはいえ守護獣。そう簡単に守護獣を呪者化などできるわけがない。

「……めえ（……だが、本当に守護獣を呪者にするなど可能なのだろうか？）」

「ぶぼぼ（実際に呪者になりかけていたのだ。可能なのだろう）」

「ほぅ（尋常ではない方法を用いたのは間違いない）」

「もお？（クロ様は何か思い当たらないだろうか）」

『そうは言っても～』

クロは真面目に考えた。守護獣たちの言うとおりだ。

守護獣は呪者の天敵。守護獣は呪いに対する耐性が非常に高い。

人に呪いをかけたり、人を呪者にするのとは訳が違う。

『ううむ……呪いをめちゃくちゃ強める方法……この地の力を使ったとか？』

「ぴゅ～い（クロさまはそのための呪術回路だと思われるのか？）」

『わかんないのだ』

「めえ～（そもそも、この地の力とはなんだろうか……）」

『それも、わかんないのだ』

土地の力で呪いを強める方法として最初に思いつくのは、沢山の血が流れることだ。

何度も何度も戦場になった土地などは、呪いの力を持ちやすい。

土地にまつわる歴史、伝承、その他いろいろ。

それらによって精霊力も、呪いも、強化されることはある。

『だけど……この辺りが戦場になったって聞いたこともないのだし……』

むしろ精霊の雨の伝承がある以上、強くなるなら精霊力の方だ。

『わからないのだ！』

クロが考えても、結論は出なかった。

『なんであれ、ロア様を呪者とするために呪術回路が用意されていたとすると』

「めえぇ？（計画的なものだと、クロ様は考えるのだな？）」

どう考えても、昨日今日始まった計画ではない。

『ルリア様の湖畔の別邸行きは突然決まったのだから、敵にとっても想定外なはず……』

「もぉぉぉ（ロア様が呪者になるなど、考えたくもない。恐ろしいことだ）」

「ぶぼぼ（不幸中の幸いと言えるだろうな）」

ルリアがいなければ、そしてヤギたちが来なければ。

そして、領民が大公が来たと勘違いして直訴に来なければ。

精霊も守護獣も、ロアが完全に呪者と化すまで気づけなかっただろう。

「めええ～（敵にとって最も想定外だったのは、ルリア様とその力であろう）」

一流の魔導師でも、あの呪術回路を壊すのは難しい。

一流の治癒術師でも、ロアを解呪することはできないだろう。

ロアのいた領域に入り込めば、守護獣であっても大量の呪者に殺されておしまいだ。

そのぐらい危険な場所だった。

『あそこまで強力な呪者が集まっているのは、クロにとっても想定外だったのだ』

「ほっほぅ（肝が冷えた。ルリア様を危険にさらしてしまった）」

ルリアが想定以上の力を発揮しなければ、全滅していたかもしれない。

敵は万が一ロアが守護獣に見つかっても、返り討ちにする予定だったに違いない。

そして、殺した守護獣を、呪者にするつもりだったのだろう。

『……ルリア様は強いのだ。途中までどうやって逃がそうかと考えていたのだけど』

ルリアはその力で一掃した。一瞬だった。

あそこまで強いとは、クロも守護獣たちも思っていなかった。

「ぴゅい（あの癒しの風は尋常ではなかった）」

『鷹の言うとおりなのだ。あの風は皆を癒すだけでなく、呪者を消滅させたのだ』

ルリアが呪者を滅ぼすために放った癒しの風。

呪者は浄化されて消滅し、守護獣の傷は癒えた。

それはアンデッドに治癒魔法をかけるとダメージを与えるのと似ていた。

『みなに言っておかねばならぬことがあるのだ。…………ルリア様は強いのだ』

「…………」

守護獣たちは「何を今更」という目で、クロを見る。

『そなたたちの中には、守る必要などないと思うものもおるやもしれぬのだ』

「めぇえ」「もぉ」「ぶぼぼ」「ほっほう！」「ぴぃ」

守護獣たちは「どれほど強かろうと、ルリア様を守るのが我らの誇り！」と言っている。

『ありがとう』

礼の後、クロは守護獣たちに言う。

『ルリア様の力は強力なのだ。いや、強力すぎるのだ。……その小さな体に見合わぬほどに』

「めえ？」「ほう？」

『強すぎる力を使いすぎては、小さな体が保たぬかもしれぬのだ』

「めめえ？」「ほぅ!?」

クロは内心「ひょっとしたら保つのでは？」とも思った。

それほど、強力な魔法を使ったルリアには余裕があった。

歴史上、数多いた神童や聖女ならば、倒れて死にかねない量の魔力を使っている。

だが、ルリアは異常だ。並の聖女とは違う。

とはいえ、実験して本当に大丈夫か試すことはできない。

実験した結果、体に悪かったという結論が出たら取り返しがつかないのだから。

『ルリア様には極力魔法を使わせてはならぬのだ。二十、いやせめて十八歳ぐらいまでは』

クロの言葉を守護獣たちは真剣な表情で聞いていた。

『皆のもの。ルリア様をたのむのだ』

「ほっう！」「きゅ」「ぴぃ」

守護獣たちは「任せろ！」と力強く言った。

『ありがとう。心強いのだ』

お礼を言うクロにヤギが言う。

「……めえ～（クロ様。ルリア様に身を守る術を教えるべきでは？）」

『身を守る術？　いやいや、魔法など使ったらルリア様の成長に良くないのだ！』

「もおぅ！（残念ながら、常に我らが守れるとは限らぬ）」

実際、乳飲み子のルリアが襲われたとき、弱い赤子のダーウしか近くにいなかった。

『た、確かにそうなのだけど……使い方を知ったら使いたくなるのだ』

「ぶぼぼぼ（たとえ、そうなったとしても、ルリア様が身を守れず命を落とすよりはいい）」

「ほっほう（それに、ルリア様は賢いゆえ、教えてもみだりには使わぬ）」

『だ、だが練習するにも魔力を使うのだ』
魔法を練習するためには実際魔法を放つ必要がある。
「ぴゅ～い（想像で練習させるしかありますまい。剣術と同じように）」
『想像？　はっ』
クロはルリアの剣術訓練を思い出した。
ルリアは敵を想像して剣を振るい、それを見た剣術教師も凄く褒めていた。
『あれか。あれを魔法でもできれば……』
魔力を使わず、成長を阻害せずに練習ができるかもしれない。
『だけど、何を教えるのだ？　ルリア様は歴戦の魔導師なのだぞ』
ルリアは五歳児だが、ルイサは高頻度で強敵と戦い続けていたのだ。
世界中を探しても、ルリアほど戦闘経験が豊富な魔導師はいないだろう。
「めえ～（ルリア様は精霊力に慣れておられぬ）」
『精霊力……』
魔導師は精霊力を魔力に変換し発動する。それはルイサも同じだった。
だが、ルリアは精霊力を変換する必要がない。
その結果が、あの絶大なる威力の「癒しの風」だ。
『少し……実験をしてみるのだ。守護獣であるそなたたちに協力してもらうのだ』
守護獣もルリアと同じく半分精霊。肉の体を持つ精霊のようなものだ。

つまり、精霊力自体は精霊に比べて少ないものの精霊力をそのまま魔法として発動できる。

『ルリア様に精霊力について教えて……使い方を練習してもらうのだ』

「めえ（それを発動させず、想像の中でやらねばならぬ）」

「もおお（難しいが、やらねばなるまい）」

クロと守護獣たちは、実験しながら教える方法を考えた。

先日、アマーリアはルリアを外に出すことで常識を教えようと考えた。

そして今日、クロと守護獣たちはルリアに戦う術を教えようと考えた。

どちらも、ルリアに戦う術を教え、危険から守ろうと考えているのは同じだった。


クロがルリアの部屋に戻ったのは明け方のことだった。

既に起きていたキャロとコルコに精霊王守護獣会議の結果を伝える。

キャロとコルコは真剣な様子で聞いていた。

その間、ダーウはルリアの横で、仰向けになり、気持ちよさそうに眠っていた。

『ダーウは……まあいいのだ』

ダーウは強いが、まだ子供。

どちらかというと、ルリアと同じく守られるべき存在でもある。

最後にクロは、ルリアの顔の横で眠っているロアを撫でる。

『ロアさま。おかえりなさいませ。今世こそお幸せになられませ』

クロはロアの額にキスをした。

ロアは悪夢を見ていた。

悪い奴に捕まり、拘束され、呪いをかけられて、蝕まれた。

痛くて辛くて、苦しかった。

どうしてこんな酷いことをするの？

何も悪くないのに「りゃありゃあ」謝って、泣いて許しを請うても、許してもらえなかった。

それは実際にロアが体験したことだ。

「……りゃ」

うなされたロアが目を覚ます。真夜中だから真っ暗だ。

「きゅ？」

なぜか起きていたキャロが優しく頭を撫でてくれた。

そして、ルリアの頭の横に運んでくれた。

どうやら、うなされている間にルリアから離れてしまっていたらしい。

「りゅぅ」

ロアはルリアの髪に頭を埋める。温かくていい匂いがする。

とても安心できる。

「…………りゃぅ」

ロアは安心してうとうとする。

そのとき、自分と同じように苦しんでいる誰かの気配を感じた。

それは、呪われている間、ずっと近くに感じていた誰かの気配だ。

その誰かも救われますように。ロアは祈りながら、眠りに落ちた。

五章　五歳のルリアと赤い竜

サラは夢を見ていた。

大好きなママ、マリオンに抱きしめられている夢だ。

ママは優しい言葉をかけてくれて、頭を撫でてくれて、ぎゅっと抱きしめてくれる。

サラは嬉しくていっぱい話した。

それをママは優しくうんうんと聞いてくれた。

◇◇◇◇

幸せな気持ちで目を覚ましたサラが目にしたのは、

「うへ……へへ」

自分に抱きついて、寝言を呟くルリアだった。

「……ルリアちゃん」

ルリアはとても温かかった。

これほど、ゆっくり、心安らかに熟睡できたのはいつぶりだろう。

きっと、ルリアのおかげだ。

ママの夢を見ることができたのも、ルリアがずっと抱っこしてくれていたからだ。

サラは、そんな気がしてならなかった。

感謝を込めてサラはルリアの頭を撫でた。

「え？」

なぜか、ルリアは下着一枚だった。

昨日、お風呂に入って、寝間着に着替えてすぐに寝た。

なぜ、ルリアが、下着一枚なのか、サラには理解できなかった。

「ねぼけて、服をぬいじゃったのかも？」

気にしないようにして、サラはルリアの頭を撫でながら、

「キャロ、おはよ」

「きゅ」

ヘッドボードの上に立つキャロに挨拶し、

「コルコもおはよ」

「こ」

部屋の中を巡回しているコルコにも挨拶した。

「クロもおはよ」

ひときわ強い光を放っているポワポワした精霊クロを撫でる。

「みんなもおはよ」

近くで浮いている精霊たちにも挨拶する。

挨拶すると精霊たちは宙に八の字を描いて飛び回る。

精霊たちの声は聞えないが、きっと「おはよう」と言ってくれているに違いなかった。

「……ダーウは」

「……すぅ……すぅ……ぁぅ」

ルリアの横で、ダーウは気持ちよさそうに眠っていた。

ダーウは、布団からはみ出て、上下が逆になっていた。

頭をルリアの足の方に、お尻をルリアの顔の近くに置いている。

「……ダーウ、ねながら、あばれたのかな？」

そうサラが呟いたとき、ダーウは「ぁぅ」と呟いて、四本の足を結構速く動かした。

まるで夢の中で走っているかのようだ。

ダーウに布団が掛かっていないのは、この動きのせいだ。

足を動かして、布団をはねとばしたに違いない。

「かぜ、ひいちゃう」

サラはダーウのお腹に布団を掛ける。

「……え？」

そのとき、サラはダーウの尻尾の下、ルリアの顔の横に、赤いものを見つけた。

「た、たいへん、ルリアちゃん、ルリアちゃん」

サラは慌ててルリアを揺り起こそうとした。

「むにゅ……にゅ」

ルリアは目をつぶったまま、赤い何かの尻尾を掴むと、ぱくっと口に咥えた。

「お、おなかこわすの！」

サラは慌てたが、ルリアは、眠ったまま、もきゅもきゅと尻尾をしゃぶった。

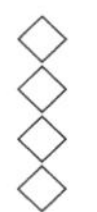

ルリアは幸せな夢を見ていた。

目の前に大量のごちそうがあった。

クッキーや美味しいパン、ケーキにステーキ、シチューもあった。

「これぜんぶたべていいのか？」

——たべていいのだ。

どこからか声が聞こえた。

その声が誰の声かなど、ルリアは気にしなかった。

なぜなら、夢だからだ。

「美味しい美味しい、ロア、おいしいな？」

『おいしいね！　おいしいね！』

なぜかルリアの横には前世の時代の精霊王、小さな赤い竜のロアがいた。

そのことにルリアは疑問を覚えなかった。なぜなら夢だからだ。

「ダーウもたべるといい」

「わふぅ」

いつの間にかみんながいた。

夢なのでルリアはいつ現われたのだろうと疑問に思うことはなかった。

「キャロとコルコもたべるといい」

「きゅっ」「こぅ〜」

「サラちゃん、おにくがあるよ！　サラちゃんはおにくがすきだものな？」

「うん！　おいしい！」

夢の中で、ルリアはバクバクとごちそうを食べ続けた。

みんなもたくさん食べて嬉しそうだ。

そんなみんなの姿を見て、ルリアもとても幸せな気分になった。

ルリアはいつもよりもお腹が空いていたのだ。だからごちそうの夢を見た。

なぜいつもよりお腹が空いているのかというと、眠る前、魔法を使ったからだ。

ルリアも、そして当代の精霊王クロも知らないことだが、魔法を使うとお腹が空くのだ。

特にルリアはただの人ではなく、肉の体を持った精霊、ほぼ守護獣に近い特殊な精霊王だ。

体を動かすための食事の他に、精霊の魔力回路を動かすための食事もルリアには必要だった。

魔法を使わなくても、お腹が空くし、魔法を使えばもっと空く。

だからこそ、燃費がわるく、いつもルリアは普通の五歳児の何倍も食べていたのだった。

「お、おなかこわす、おなかこわすから……」

あたしは体を揺すられ、サラの泣きそうな声を聞きながら目を覚ました。

何か楽しい夢を見ていた気がするが、覚えていない。

「むにゅ？　じょひひゃ？」

サラに尋ねるのと同時に、口の中の違和感に気づいた。

あたしは、それを口から出す。

「これは……」

それは昨日保護した赤い竜の子の尻尾だった。

「ねぞうがわるいのだなぁ」

きっと、寝ている間に尻尾を動かして、あたしの口の中に突っ込んでしまったのだろう。

仕方のない子だ。そんなところもかわいい。

「へんなのたべたら、おなかこわすの」

泣きそうな顔で心配するサラの頭を撫でる。

「だいじょうぶ。たべない」

そう言うと、サラはほっとした様子で、にへらと笑った。

ふと窓の外を見ると、激しく雨が降っていた。

「あの、ルリアちゃん、その子は？」

「えっとだな……」

どう説明しようか迷っていると「……ゅぃ」と竜の子が鳴いた。

「あ、そうだ。ルリアちゃん、おきたらダーウのしっぽのしたに、その子が……」

「だいじょうぶ、この子はいい子だから」

あたしは寝台の上に座ると、竜の子を膝の上に抱き上げる。

「あ、おこしちゃったか？」

竜の子は目を開けると、

「りゃぁ」

あたしに甘えるように体を押しつける。

そんな竜の子をあたしは優しく撫でた。

「まどからはいってきたの？」

「うーんっと」

何と説明すれば良いだろうか。

夜、外に出て、呪者になりかけていたところを助けたとは言えない。

サラに心配させてしまう。

それに、この後、母に対して、サラは嘘をつかねばならなくなる。

「うーん。たぶんそう？」

「たぶん？」

「えっと」

少しあたしは考えた。

「そう！　この子はまいご！　夜まよいこんできたから、ほごした」

「そうなんだ、かわいいね」

サラが撫でると竜の子は嬉しそうに、尻尾を揺らした。

竜の子は人懐こい子のようだ。

「ルリアちゃん。どうして服きてないの？」

「あ、そうだった。わすれてた」

あたしは体を洗う場所に行って、干してあった兄の服を着る。

「ちょっとよごれちゃったから、脱いでた」

「そ、そっか」

サラはあたしと竜の子を交互に見た。

もしかしたら、あたしか竜の子のどちらかが、おしっこを漏らしたと思ったのかもしれない。

「ルリアちゃん、この子、トカゲの子？」

「……たぶんそう」

竜は有名な存在だが、実際に見たことのある人はほとんどいない。

あたしも、前世で数回しか出会っていない。

「羽はえているトカゲってめずらしいね？」

「ソウダネ。メズラシイネ」

竜と言ったら、サラが怯えるかもしれないので羽の生えたトカゲで通すことにした。

あたしは竜の子を撫でながら、昨夜のことを思い出す。

眠る直前、クロが何か言っていたような。

半分夢の中で、記憶が曖昧だ。

だが、ロアと言っていた気がする。いや気のせいかもしれない。

夢の中の話か、現実の話か、判断がつかない。

「クロ～おきておきて」

近くで寝ているクロを揺り起こす。

『…………なぁにぃ？』

クロは眠そうに返事をした。

「きのう、この子のなまえをロアっていった？」

あたしがロアに語りかけるのを、サラは興味深そうに見つめている。

『言ったのだ……ふぁあー』

クロは猫っぽく、お尻をあげて、前足を伸ばし大きく伸びをする。

羽が伸びに合わせて、バサッバサッと羽ばたいた。

その羽が気になるらしくて、竜の子が手を伸ばす。

「クロ。この子のなまえがロアって、どういうこと?」

『うーんっと』

クロが体を寄せると、竜の子は嬉しそうにクロの羽を両手で撫でた。

『なんと言えばいいのか……』

「ゆっくりでいい」

『えっとね。精霊は転生するって言ったのだ。覚えている?』

「おぼえてる」

死んだ精霊はいつか転生するから、もしかしたら会えるかもしれない。

以前、ロアが崩御したことを教えてくれたとき、クロはあたしを慰めるようにそう言った。

「てんせいしたの?」

『そうなのだ。崩御なさったロア様が、転生を果たされたのだ』

どうやら、竜の子は本当にロアらしい。

ロアに似ているから、クロが勝手にロアと呼んでいるわけではないようだ。

「りゃあ～」

ロアはあたしのお腹にくしくしと顔を押しつけて、甘えている。

「でも、せいれいじゃない？」

『ロア様は、守護獣に転生したのだ』

「ほえー」

『精霊から守護獣に変わったせいで、記憶も失っているのだ』

道理で赤ちゃんみたいだと思った。

前世のロアはすごく知識があって、賢くてしっかりしていた。

あたしの転生は人から人。種族が同じだったから記憶が残ったのだろう。

「そっかー。赤ちゃんかー。ロア。ルリアがちゃんとそだてるからな？」

「りゃっりゃ」

ロアは嬉しそうに鳴く。

「あ、クロ。ロアのお母さんは？」

『お母さんはいないのだ。たぶん？』

「たぶん？」

『守護獣には、動物、守護獣、魔獣などの親から生まれる子と、自然から生まれる子がいるのだ』

「ふむ？　ふしぎなはなしだな？」

親がいないのに生まれるなんて。まるで、精霊みたい――

「あっ！　つまり、せいれいとおなじ？」

『そういうことなのだ』

「ほぇー」

クロはロアのことをペロペロと舐めた。

それはまるで母猫が、子猫にするかのようだった。

『竜は子煩悩だから、親竜がしっかり守るのだ。呪術師に攫われたりしないのだ』

「え、さらわ……、どういうこと？」

あたしはちらりとサラを見た。サラは首をかしげている。

サラには昨夜ロアが迷い込んできたと説明した。だから攫われたとかそういうことは言えない。

『えっと、昨日のロア様はまるで呪者みたいだったのだ』

「それはわかる」

昨日のロアは水銀でできたような体をしていた。

『呪術師は、生き物を呪者にする技術を持っているっぽいのだ』

「こわい」

それからクロは『ぼくもよくわからないのだけど』と前置きしてから説明してくれた。

どうやら呪術師は生物や守護獣を呪者にする技術を持っているらしい。

それはとても難しく、特に守護獣を呪者にするのはとても難度が高いらしかった。

「しんぱいだなぁ」

『必要な手間とか、素材とか、儀式とか沢山あるはずだし、そう何度もできることではないのだ』

「気を付けないとだなぁ」

『多分、昨日の精霊除けの結界は、ロア様の呪者化を滞りなく進めるためのものだと思うのだ』

「だいかんが、あやしぃ？」

クロと話していると、ロアはあたしの手から離れパタパタ飛んで窓へと向かう。

「とんだ、すごいの！」

サラがロアを追いかけたのであたしも追いかける。

『代官ごときができることではないのだ。きっとその背後にはもっと大きな組織があるのだ』

「きょうかい？」

『わからないのだ。でも、唯一神の教会が絡んでいる可能性はあるのだ』

「ふむ～。とうさまにそれとなくおしえないとな？　てがみをかこ」

組織と戦うのは、あたしには荷が重い。

なにしろ、ただの五歳児だし、自由に外出できないし、よくわからないのだから。

「とりあえず、あたしにできることは、ロアを大切にそだてることだな！」

敵対組織との戦いや、代官の背後関係の調査は父に任せればいい。

あたしは親竜がいないロアをしっかり育てるという重大な役目を果たさなければ。

窓まで移動したロアは「りゃありゃあ」鳴きながら、窓をかりかり爪でひっかいている。

「おそとは雨だからだめ」

「……りゃあ」

ロアは湖を見つめながら、しょんぼりしている。

そんなロアを撫でながら、サラが首をかしげた。

「ルリアちゃん、クロはなんていっていたの？」

「えっとね。この子はロアというなまえで、おやがいないんだって」

呪術師とか呪者とか、あたしもよくわからないし、サラもよくわからないだろう。

だから、大切なことだけ教えた。

「ママがいないと、さみしいね」

サラは、母にしばらく会えていない自分とロアを重ねたのかもしれない。

優しくロアのことを撫でる。

「ねえ、ルリアちゃん。ロアはクロのお友達なの？」

「そうっぽい」

あたしとサラは、一緒にロアを撫でる。

ロアは首をかしげて、あたしの指を舐めてくれた。

その仕草は、前世のロアそっくりだった。

それを見たとき、唐突にこの子は本当にロアなのだと理解し、実感した。

「……ロア」

「りゃ？」

「ルリアにあいにきてくれて、ありがとう」

「りゃ〜？」

ロアはきょとんとして、首をかしげる。

あたしは心の中で、

（ありがとう。ルイサはロアのおかげですくわれていたよ。ありがとう）

ロアに感謝して、ぎゅっと抱きしめた。

ロアに出会えて、本当に嬉しい。ロアに記憶がなくたって、構わない。

「ルリアちゃん、ないてるの？」

「な、ないてない」

「うん。わかるの」

なにかがわかったらしいサラが、うんうんと頷いている。

「サラもママにあえなくてさみしかったからわかるの」

どうやら、サラは、ロアの親のいない境遇に涙したと思ったらしかった。

あたしは否定をせずに、ロアを抱きしめた。

ロアは「りゃっりゃ」と鳴いて喜んでいた。

キャロはいつものようにヘッドボードで警戒しているし、コルコは部屋の中を巡回していた。

一方、ダーウはずっとおへそを天井に向けて眠っている。

それなりに大きな声で話していたのに、起きる気配がない。

ダーウは赤ちゃんなので仕方がなかった。

あたしがロアを抱きしめていると、

「ルリアちゃん。おくがたさまは、ロアをかうの、きょかしてくれるかな？」

心配そうにサラが言う。

「んー。たぶん、だいじょうぶ？　ロアは、ただのトカゲだからなー？」

「でも、羽はえてるけど……」

「むむう？」

「はねはえてるトカゲ……まるでドラゴン……」

サラはロアのことをじーっと見て、その背中の羽を優しくつまむ。

「きっと、ロアは羽トカゲ。きっと」

「りゅいりゅい」

あたしに抱っこされていたロアは、サラの方へと移動して、頭をこすりつける。

こうしていると、とても人懐こい羽トカゲにしか見えない。

「しんしゅ？　ドラゴントカゲ？」

「……かもしれない。いや、きっと羽トカゲだ」

万が一にも竜だと思われないように、羽トカゲで押していこうと思う。

羽トカゲという種族がいるかはわからないが、いないなら新種ということにしよう。

（もんだいは、かあさまが、どうぶつにくわしいことだなぁ」

どうやって誤魔化そうと考えていると、

「ところで、ルリアちゃん」

「どした？」

「ドラゴンって、こわい？」

サラはあたしの目をじっと見つめて尋ねてきた。

「なぜ、いまドラゴンのことをたずねるのか、まったくわからないのだけども−」

あたしはつい目をそらす。

「とてもつよいという、うわさをきいたことがある」

竜は恐れられている生き物だ。

世界で最も強い種族をあげろと言われたら、魔導師や騎士の十人中八人が竜をあげる。

ちなみに残りの二人は人族をあげるらしい。

数の多さと、武器や魔道具を使えることや、集団戦が得意なことが、人族最強派の根拠らしい。

あたしが読んだ「強い生き物図鑑」にそう書いてあった。

だが、あたしは竜が怖くない。

前世のあたしが出会った竜は、全員が優しかったからだ。

聖女たる王女に竜の討伐を命じられて出向いたあたしを、竜は温かく迎えてくれた。

ロアの通訳であたしの事情を知ると、竜はみな同情してくれた。

そして従属の首輪で攻撃せざるをえないあたしを見て、どこかに去って行ってくれたものだ。

あたしの出会った三頭の竜の全てが、優しく賢く、そして強かった。

「サラちゃん。ドラゴンってすごくつよいんだって」

「うん。ママにきいたの。怒らせたらすごいことになるって」

「そう。その力は、ふんかや、つなみにひってきする」

「ほえー」

サラは少し目を輝かせていた。

あたしと一緒で、サラも強い生き物が好きなのだろう。

だが、少しだけ心配にもなる。

万が一にも、将来的にロアが竜だとバレる可能性だってある。

そのとき、サラが竜を怖がるようになって、ロアのことを苦手に思ったら大変だ。

強い獅子が大好きな人族も、獅子の檻に放り込まれたら怖く感じるものなのだから。

だから竜は優しいということも知って欲しい。

「サラちゃん。ドラゴンはとてもつよい」

「うん」

「そんなドラゴンが、あばれんぼうで、いじわるだったら、ひとぞくは、いきてない」

「たしかに……」

噴火や津波を任意で起こせる残酷な最強生物がいたら、人族の文明はここまで発展していない。

人族最強説は、あくまでも竜の慈悲深さの上に成り立っていると知った方が良いのだ。

「だから、ドラゴンはやさしい」

「なるほどー。ということは、ロアも？」

「そう、やさしい……はっ」『あっ』

「えへ、えへへへ」

サラが楽しそうに笑う。

サラは思っていたより策略家だった。まんまと嵌められてしまった。

「えへ。えへへ。やっぱり、羽トカゲじゃなくて、ドラゴンなの？」

「ばれたら、しかたがない。そう……ドラゴンだ」『仕方ないのだ』

あたしとサラは話しながら、ロアのことを撫でる。クロも撫でている。

「りゃぃりゃぃ」

ロアは嬉しそうに、尻尾を揺らし、あたしたちの手に順番に頭を押しつけていた。

「サラね。ドラゴンを見たかったの」

「そっか。ぞんぶんにみるといい」

「うん！　ありがと。かわいいねー」

「りゃ～」

サラはロアを抱っこして撫で回す。

「しっぽふといねぇ」

「ドラゴンのしっぽのいちげきは、あらゆるものをはかいする」

「つめは、あまりするどくない？」

「せいちょうしたドラゴンのつめは、あらゆるえものをのがさない」

「きばも、はえてる。あかちゃんなのにねぇ？」

「ドラゴンのきばは、こんごうせきすらかみくだく」

あたしは「強い生き物図鑑」に載っていた解説をサラに教える。

何度も読んだので「強い生き物図鑑」の竜の章はだいたい覚えているのだ。

「ロアは、前足があるドラゴンなんだね」

「そう。前足のないワイバーンではない。いや前足じゃなく、うでといったほうがいいかも」

「うでのあるドラゴン……」

竜はまず羽のあるなしで分けられる。

羽のある竜を天竜、羽のない竜を地竜と呼ぶ。羽や手足の代わりにヒレのある竜は海竜だ。

ちなみに、湖や川に生息していても、湖竜や川竜ではなく、海竜と呼ぶらしい。

天竜と地竜は、それぞれ前足のあるなしで分けられる。

前足のない天竜をワイバーンと呼ぶことが多い。

そう説明すると、サラは目を輝かせた。

「ルリアちゃん、すごい！」

「ふひひ。そう、すごい。ルリアのドラゴンちしきは、ちょっとしたものだ」

「すごいすごい」

何度も「強い生き物図鑑」を読んだ甲斐があった。

おかげで、姉の面目が立ったというものだ。

「ロアは、うでがあるから、ものをつかんだりできる」

ロアの腕は、単に走るための前足ではない。

あたしたちやキャロと同じように、色々と摑むことができる。

「すごいねぇ」

「りゃあ」

ロアはサラに撫でられて嬉しそうに尻尾を揺らした。

「ルリアちゃん。ロアがドラゴンなら……やっぱり、かうのはダメっていわれないかな？」

不安そうにサラが言う。

「……かのうせいはある。羽トカゲでごまかすしかないな？」

「ごまかせるかな？」『簡単ではないのだ』

あたしとサラとクロは、ロアの飼育許可を取るために相談する。

問題は、母が動物にとても詳しいことだ。

母も「強い生き物図鑑」を読んでいるのだから。

「むむう？　ねんのためにロアのこと、かくす？」

「すぐに、ばれるの」『ばればれなのだ』

話し合っている間、ロアはあたしたちに交互に体を押し付けて甘えてくる。

そんなロアをサラとクロが撫でながら、相談を続けた。

「……ずっとじゃなくて、こう……じょじょに？」

「じょじょに？」

「そう。じょじょに、ドラゴンかいたいなーって、かあさまにおもわせる」

根回しをして、母がドラゴンを飼いたいなーと思えば、許可も出るだろう。

「さりげなくあぴーるしないとな？」

「わかった。がんばる」

サラも力強く頷いた。心強い。

『そんなに、うまくいくわけないのだ』

クロが呆れたように言うが無視をする。やってみなければわからないからだ。

それに失敗したら、そのときにまた作戦を考えればいいだけである。

甘えていたロアは、今あたしの指をちゅぱちゅぱ吸っていた。

「おなかすいたのかな？　でも、ドラゴンは卵からうまれるからお乳のまない」

「のまないの？」

「うん。卵からうまれるいきものは、普通お乳のまない」

「ほえー」

サラがあたしの知識の深さに感心してくれた。照れる。

「ともかく、ロアのご飯をかくほしないとだな？」

「うん。ご飯だいじ」

『大事なのだ。ロア様は赤ちゃんなのだし』

サラも力強く頷いた。

「ゎぁゎぁう？」

ご飯と聞いて、ダーウが目を覚ました。

ダーウは起きて、すぐに「はっはっ」と息を荒くして、あたしのことを舐め始めた。

「まてまて」

「わふ？」

「ご飯はまだだ」

「ぴぃー」

ダーウは「どうしてそんなひどいことを言うの？」と鼻を鳴らして甘えてくる。

だが、虐めているわけではない。

そもそも、ご飯の用意ができていないはずだ。

ダーウには、少し待ってもらわなければなるまい。

「あさご飯ができたらよびにきてくれるはず」

「ぴぃ」

「それまでまつといい」

ダーウをなだめて、頭を撫でる。

「ダーウのご飯はまてばいいけど、……もんだいはロアのご飯だ」

「ゃむ？」

あたしの指を吸っていたロアが、口を離さずに首をかしげる。

「かあさまから、ロアをかくすとなると……しょくどうにつれていけないから……」

「ご飯を、こっそりかくして、もちかえる？」

「それは、にたようなことして、バレた」

サラの提案は、少し前にあたしがやって失敗したやつだ。

「クロ。ロアって何食べるの？」

『なにって……、多分なんでも食べるのだ』

「そっか、サラちゃん、ロアはなんでも食べるらしいよ？」

何でもいいのは凄く助かる。

「そっか……でも、ロアにもすききらいはあるよ？　たぶん」

「たしかに……サラちゃんのいうとおりだ。トカゲっぽいし虫とかが好きかな？」

トカゲは虫を食べる。ロアはトカゲではないが、トカゲに似ている。

ならば、きっと食べ物の好みもトカゲに似ているに違いない。

あたしはロアを撫でながら、考える。

「でも、虫はつかまえるのがたいへんだからなぁ」

カブトムシの幼虫は地中にいる。今の季節はさなぎだろうか。

掘って見つけるのも、ダーウに手伝ってもらうのも大変だ。

「虫をつかまえるのはたいへんなのに、あかちゃんは、たくさんたべないとだめだからなー」

「そうなの？　からだがちいさいのに？」

「そう。ちいさいのに」

あたしが赤ちゃんだったとき、マリオンと母のお乳を一日で八回から十回飲んだものだ。

とにかくお腹が空いて仕方がなかったことを覚えている。

夜中にお腹が空いたときは、我慢した。

我慢できたのは、あたしには記憶があったからだ。

普通の赤ちゃんなら我慢できずに泣いていたことだろう。

それに、あたしにはダーウがいた。

お腹が空いていたら、ダーウが察してマリオンを呼びに行ってくれたりもした。

眠そうにお乳をくれたマリオンに心の中で謝罪しながら、思う存分飲んだものだ。

「ルリアもお乳がでたらなぁ」

「こどもはでないの」

「まったくだなぁ」

自分たちはお乳が出ないことを嘆いていても仕方がない。

なにか良い方法を考えなければならない。

大人なら、いや、成長した五歳児ならば、二、三日食べなくても我慢できる。

実際、前世のあたしは、二、三日ごはんを貰えないときもあったが、我慢できた。

とても辛いが、死にはしなかった。

「ロアは赤ちゃんだから。がまんできないし。びょうきになるかもしれない」

「たいへんなの」

「そう。たいへん」

あたしは考える。ロアを満腹にできる量のご飯を素早く確保しなければならない。

ヤギたちやフクロウたちにご飯を集めてもらうのも時間がかかる。

明日から、いやお昼ご飯以降はそれでいいかもしれないが、朝ご飯に間に合わない。

「こうなったら……キッチンにしのびこむしかないな……」

見つかるリスクはあるが、それが最も確実で早い。

「おこられるかもだけど……ロアのご飯のほうがだいじ」

サラが真面目な顔でそう言って、頷いた。

「サラがしのびこむ？　サラ、あしはやいよ？」

「しのびこむなら、ルリアがてきにんだ。クロのこえがきこえるからな？」

「どういうこと？」「わふ？」

「クロはルリアにしかみえない。だからていさつにさいてき」

「あっそっか！」「わふぅ！」『ふふん』

サラとダーウが感心している横で、クロはどや顔で胸を張っている。

クロは、母にも侍女にも従者にも絶対に見つからない。

だから、クロに偵察してもらって、誰もいないことを確認してあたしが侵入すれば安心だ。

「かあさまが近づいてきても、きづけるしな？」

「……かんぺきな作戦だ」

「そう。ルリアはせんりゃくかだから」

「きゅう？」

そのとき、キャロがタンスから取り出したハンカチを首に巻き付け始めた。

「キャロ？　……はっ！　それでご飯をはこぶのだな？」

「きゅ！」

ひと声鳴くと、キャロは窓から雨が降る外に走っていった。

あたしはタンスから大きめのタオルを取り出した。

「これにご飯をつつむと、たくさんはこべる」

「おお」

器用で小さなキャロは、誰にも見つからず、ご飯を手に入れて来るだろう。

だが、いくらハンカチで包んで運んだとしても、キャロは小さい。

ロアが満腹になる量のご飯を運ぶのは難しい。

「ルリアも、はやくむかわねば。サラちゃん、ダーウ、コルコ。ロアをたのんだ」

「わかった」「あぅ」

「あれ？　コルコは？」

『コルコなら、さっき窓から外に出ていったのだ』

「あめなのに？」

いつもの巡回に行ったのかもしれない。いや、ご飯を集めに行ってくれたのかも。

「でも、コルコならしんぱいないないな」

『心配ないのだ』

「サラちゃん。もし、かあさまがこっちにきたら、ごまかしてな？　すぐもどるから」

「わ、わかった」「わぁぅ」

あたしがいないことがばれたら大変だ。

サラに時間を稼いでもらっている間に、大急ぎで部屋まで戻らねばなるまい。

「では、いってくる」

あたしはタオルを腰に巻き、部屋の外へと歩き出す。

「りゃぁぁぁ」

するとロアが、サラの腕から飛び立って、あたしに抱きついた。

「どしたロア。そんなかなしそうに鳴いて」

「ルリアちゃん、ロアはおいていかれるとおもったのかも」

あたしもサラのように思ったのだが、クロがロアを撫でながら言う。

『……ロア様はルリア様が心配なのだ』

「どういうこと？」

『一人でどこかに行って、敵に会ったり迷子になるかもと思ったのだ』

「そっか、ありがと。サラちゃん、ロアはルリアがしんぱいなんだって」

赤ちゃんなのに、あたしのことを心配してくれるなんて。

ロアは記憶がなくてもとても優しい。

あたしはロアを撫でながら、優しく説明する。

「だいじょうぶ。家のなかだからだいじょうぶ」

「りゃ？」

「うん。すぐもどってくるからね？　サラちゃんとダーウとまってて」

『ロア様。ルリア様は大丈夫なのだ』

あたしとクロでロアを安心させてから、サラに抱っこしてもらう。

「ロア、サラといっしょに、まってようね」

「……りゃむ」

「ダーウもたのむな？」

「わふ」

ダーウは「まかせろ」と堂々と尻尾を揺らした。

ロアをサラとダーウに託した後、あたしはクロと一緒にキッチンへと向かう。

『うん、誰もいないのだ』『いないー』『きゃっきゃ』

クロが先行してくれるので、堂々と進める。

クロの隣には、いつのまにか現われた幼い精霊たちがふわふわ飛んでいる。

幼い精霊たちはあたしとクロが遊びを始めたと思っているのかもしれない。

クロと同じく精霊たちも、あたしとサラ以外の人に感知すらされない。

物理的な存在ではないので、壁も天井も扉も自由自在に通り抜けられるのだ。

精霊は最強の斥候と言っていいだろう。

『うん。大丈夫。走るのだ』『はしってはしって〜』『きゃっきゃ』

クロたちの指示に従うだけで、あっさりとキッチンに侵入することができた。

精霊たちがいなければ、確認しながらゆっくりと進まなければならない。

そんなことをしていたら、三倍いや十倍ぐらい時間がかかったに違いなかった。

「ありがと、クロ、みんな。たすかった」

『まだ安心するのは早いのだ』『いそいでいそいでー』『きゃっきゃ』

クロはキッチンの外を飛び回って、偵察を継続してくれている。

「ルリアもはやく仕事をすませなければ」

キッチンに先に到着していたキャロと協力してご飯を確保していく。

キャロは部屋を飛び出す直前に摑んだハンカチを広げて、その中にナッツ類を並べていた。

「やっぱり、キャロはかしこいな？」

キャロはどや顔で、そのハンカチでナッツを包んで背負った。

「キャロをみならって、ルリアももってきた」

あたしもタオルを広げて、食べ物を並べていく。

かさばらず栄養があり、べちゃべちゃにならず、生でも食べられるものがいい。

「やはり、ウインナーとパンだな？」

ウインナーは生でも食べられるらしい。それにべちゃべちゃにならない。

そして、パンはうまい。

キャロは無言であたしのタオルにクルミなどのナッツ類を入れて、手伝ってくれた。

「ナッツもうまいものな？　きっとロアもすきだ」

キャロはこくりと頷いた。

「これでいいかな？　あまりいれすぎたら、あふれるものな？」

キャロは何も話さず、ただ頷くことで同意を示す。

きっと、自分の鳴き声が遠くまで響くことを知っているのだ。

あたしはタオルで食べ物を包むと、背負って首のところで結ぶ。

「あ、たまごももっていこ」

卵はタオルにくるんで運ぶと割れかねない。

だからポケットに詰め込む。卵を四個入れるともうポケットはパンパンだ。

「もっと、おおきなポケットが、たくさんついてる服がいいな？」

ポケットの付いた服と、ご飯をつめられる鞄を今度おねだりしよう。

そんなことを考えていると、クロの叫び声が聞こえた。

『ルリア様！　かあさまが、ルリア様の部屋に向かっているのだ！』『まずいまずい』

「まず」「!?」

急いで、部屋に戻らねばならない。

「いそぐよ、キャロ！」

あたしは、キャロと一緒に窓から、雨が降る外に飛び出した。

体は濡れるが、音が紛れる。幸運だったかもしれない。

母は一つしかない廊下を通って、あたしの部屋に向かっている。

つまり室内から戻ろうとするならば、母と鉢合わせしてしまうのだ。

『従者たちは、こちらを見てないのだ。でもいつ気配を察知するかわからないのだ』

クロは従者用の宿舎を覗いて、屋外を走るあたしとキャロに教えてくれる。

『あ、じじょがキッチンにむかってるよー』『がんばってー』

小さな精霊たちが、別邸内の様子を教えてくれる。

だから、あたしとキャロは全力で走ることができた。

あたしは気合いを入れるとよく聞こえるようになる特技を使って、サラたちの様子を窺った。

「おはよう。サラ。ダーウ。あら？　ルリアは？」

「まだねてるの」「ばあぅ！」

時間を稼ぐために、サラは廊下に出て母に話しかけてくれたようだ。

「そうなのね。あらダーウ、今日は甘えてくれないの？」

いつもダーウはかあさまを見かけると、甘えて頭をこすりつけに行くのだ。

「わぁぅ？」

ダーウはとぼけることにしたらしい。

鳴き声を聞くだけで、ダーウが首をかしげて、とぼけていることがわかる。

『ロアはダーウの首元に隠れてるのだ、危ないのだ！』『もふもふだねぇ』

クロと精霊が教えてくれる。

なぜロアはそんなところに隠れているのだろうか。見つかる危険が高くなる。

ロアはタンスの中に隠しておくべきだったかもしれない。

いや、それだと、ロアが不安になって泣いてしまうというサラの判断だ。

そのサラの判断は、恐らく正しい。

「ばう！」

「ダーウはトイレなの」

「ああ、そうなのね」

どうやら、ダーウは走って屋外に向かったらしい。

屋外といっても、あたしとは別邸を挟んで逆側の屋外だ。

あたしが自室に戻りやすいように、母の注目を集めるために走り出したのかもしれなかった。

走り去ったダーウを見送った後、母は優しくサラに尋ねる。

「ルリアはまだ寝ているのね」

「あい。ダーウがトイレいきたがったから、サラはついてきたの」

「そうなのね？　……じゃあ、一緒にルリアを起こしにいきましょうか」

「あ、あい」

母は完全に疑っている。

『かあさまが、ルリア様の部屋に向かって歩き始めたのだ』

もう時間がない。あたしは全力で自室の窓に向かって走る。

従者たちに気づかれたらまずいので、大きな音は立てられない。

「……どうやってのぼろう」

自室の窓は開いているが、二階である。登るのが難しい。

手がかり足がかりになりそうなものはない。

『クロに任せるのだ。そのまま自室の下まで急いで』

「わ、わかった」「ぃゅ」

あたしとキャロは頷いて、走る。

あたしは走っていて、サラと母は歩いている。だから、まだ間に合う。

『ルリア様。そのまま全力で走って』『がんばってー』『いそいでいそいで』

クロの言葉を信じてそのまま走る。

『キャロは自力でいけるのだな？』

「いゅ」

『うむ。心強いのだ。フクロウ、ルリア様をたのむのだ』

「フクロウ？」

次の瞬間、あたしは浮いた。

「ぉぉ？　フクロウ！」

力強く羽ばたいているのに、フクロウの羽音は静かだった。

さすがは宵闇に紛れるのが得意な狩人である。

「ほっほう」

そのままフクロウはあたしの肩の部分を摑んで、部屋まで連れて行ってくれた。

「たすかった。ありがとう」

あたしはフクロウにお礼を述べて、頭を撫でた。

フクロウの羽は強い。

普通のフクロウでも、自分の体重より重い獲物を捕えて、運ぶことができるらしい。

だが、さすがにあたしの体重は優にフクロウの十倍を超えている。

「フクロウはすごいなぁ？　しゅごじゅうだからか？」

「ほっう」

そんなことを話しかけながら、あたしはタンスに食料を隠していく。

ポケットに突っ込んだ卵を隠すのも忘れてはいけない。

キャロも「きゅぅ」と鳴きながら、あたしと一緒にハンカチで包んだナッツを隠す。

あたしが部屋の中に到着した直後には、もうキャロは部屋の中にいた。

やはりキャロにとって、壁登りは容易かったらしい。

隠し終わった頃、部屋の外からサラと母の声が聞こえてきた。

すぐそこまでサラと母は来ているようだ。

「あの、おくがたさま」

「今日はたくさん話してくれるのね。うれしいわ」

「あい。あの、あの、……あれはなんですか？」

どうやら、サラは歩みを遅らせるために、いっぱい話しかけてくれている。

とりあえず、目についたものについて尋ねて、説明してもらっていた。

（サラ、ありがと）

サラの機転のおかげで、なんとか間に合った。

『ルリア様、安心している場合じゃないのだ！』

「む？」

『自分の服を見るのだ！』

「むぉ」

雨の中を走ったせいでビシャビシャだ。そのうえフクロウの爪痕がしっかりついている。

「ほぅ……」

「フクロウはわるくない。たすかったからな？　ぬれているのは、魔法で……」

背に腹はかえられない。あたしは魔法で服を乾かした。

だが、穴はどうにもならない。

母に見られたら「この穴はどうしたの？」と問い詰められることになる。

問われたら、その時点で負けな気がする。

母には嘘をついてもバレる気しかしない。

「むむう」

あたしが苦悩している間も、サラと母は会話を続けている。

「おしえてくれて、ありがとうございます。おくがたさま」

「……うーん。先ほどから気になっていたのだけど。その呼び方はどうかしらね？」

「だめで？　でしか？」

怒られたと思ったのか、サラの声音に緊張がまじり、口調が変になった。

耳をぺたんとして尻尾を股に挟んでいる姿が目に浮かぶ。

「ダメではないの。でも、サラは私とグラーフの猶子（ゆうし）になったでしょう？」

「あい」

「ルリアと同じように、かあさまでいいわよ？」

「……でも、そんな……おそれおおい」

「サラは難しい言葉を知っているわね」

そう言って、母は楽しそうに笑った。

「まあ、すぐにかあさまとは呼べないでしょうし、慣れたらでいいわ」

「あい」

「かあさまに抵抗があるなら、母上でもおばさまでもいいわ」

「……ありがとうございます」

サラはマリオンのことを「ママ」と呼んでいた。

だから、母は「ママ」と呼んでいいとは言わなかったのだろう。

「あっ。いいこと思いついた」

サラと母の会話を聞いたおかげではないが、唐突にひらめいた。

『……不安になるのだ』

「だいじょうぶ！　フクロウきょうりょくして」

「ほう？」

あたしは、母が到着するまでのわずかな時間に誤魔化す作戦を実行することにした。

あたしはまず寝台の下から格好いい棒を取り出した。

「フクロウたのむ。ルリアの肩をつかんで、すこしとんでほしい」

「ほほう？」

「せつめいするじかんがない。たのむ」

フクロウはあたしの指示通り肩を摑んで、宙に浮かんでくれた。

激しく羽ばたいているわりに、相変わらず羽音が小さい。

「すごいなぁ。フクロウたすかる」

どうして肩の部分がボロボロなのか、理由を聞かれて誤魔化すのは難しい。

ならば、聞かれないようにすれば良い。

「こうしていたら、どうしてボロボロなの？　ってきかれたりはしない」

尋ねるまでもなく、ボロボロになった理由が誰の目にも明らかだからだ。

「ほっほう！」

フクロウは感心してくれる。あたしは戦略家なのだ。

「きゅう」

キャロが呆れた表情でこちらを見ている。

作戦の真意が伝わっていないのかもしれない。

『……ルリア様、どうしてそんなことを？　ってきかれるのだ』

「そのためのこれだ」

あたしは棒を振り回す。

「これで、空中戦のれんしゅうをしてるようにしかみえない」

『……えぇ』「きゅきゅう」

クロとキャロが呆れている気がするが気のせいだろう。

「ふんっふんっ！　ふんっふんっ！　ちゃああ～～」

あたしは早速棒を振り回す。

多少、息が上がってなければ、怪しまれてしまうからだ。

――バサッバサッ
あたしが棒を振り回すと、フクロウがそれに合わせて羽ばたいてくれる。

「フクロウだいじょうぶか？」

「ほう！」

フクロウは「大丈夫、任せろ」と言ってくれている気がした。

「むりだったら、おろしてくれていいからな？」

「ほう！」

あたしは棒を振り回す。

いつもやっている剣術練習を思い出して、振り回す。

足が地に着いていない状態での剣術はやはり難しい。

（たいじゅういどうが大事と、先生がいってたのは、これかー）

剣術の先生は「体重移動が大切。足運びをおろそかにしてはいけない」と言っていた。

地に足が着かない不安定な状態で棒を振ることで、足運びの大切さがわかった。

――バサバサバサ
「ふんぬふんぬ！」

棒を振っていると楽しくなってきた。

集中して棒を振っていると、部屋に入ってきた母が、

「ルリアを放しなさい！」

大慌てでフクロウに跳びかかろうとする。

——バサバサ
フクロウは容易くかわす。

「フクロウ！　おろして！」

フクロウは床に降ろしてくれる。

「ありがとうな？」

あたしはフクロウのことをしっかり撫でた。

「ルリア！」

すると、母にぎゅっと抱きしめられた。

「かあさま？」

「もう……もう、心配させないで……」

「ごめん。フクロウに協力してもらって、れんしゅうしてただけ」

「……攫われかけているようにしか見えなかったわ」

「ごめん」

その発想はなかった。

だが大きな猛禽類が幼児を捕まえていたら、攫われかけていると思うものかもしれない。

「……ほ、ほう」

フクロウが申し訳なさそうに、かあさまのそばによる。

「かあさま。ルリアがフクロウにたのんだの。フクロウはわるくない」

「……わかったわ。フクロウは悪くないのね」

「うん、かあさま、ごめんね？」

「……もう。相変わらずルリアは、動物と仲良くなるのが上手ね」

「うん。みんな、いいこ」

母の後ろから部屋に入ってきたサラがとことこと近づいてきてフクロウを撫でる。

「フクロウは、かわいい」

「そうね、可愛いわね。さっきはびっくりしたけれど」

サラと一緒にかあさまもフクロウを撫でる。

フクロウも気持ちよさそうだ。

——バサバサバサ
「こけ」

そのとき、窓からコルコがはいってきた。

コルコはにわとりなので、長い時間飛べない。

だが、にわとりも二階ぐらいまでは飛べるのだ。

コルコは守護獣なので、普通のにわとりより長く飛べるだろう。

ひょっとしたら三階ぐらいまで飛べるのかもしれない。

「コルコ、おかえり」

コルコは先ほどロアのご飯について相談している途中、部屋の外に出ていったのだ。

「ここっ」

コルコは小さな声であたしたちに挨拶すると、寝台の向こう側に歩いて行く。

かと思うと、またすぐに窓に移動して、外に行こうとする。

「コルコ、ちょっと待ちなさい」

「こ？」

窓から飛び去ろうとしたコルコを母が止めた。

「…………入ってきたとき、虫を咥えていたわよね？」

「こぉう？」

「どうして、いまは咥えていないの？」

「……こぉ」

コルコは目をそらした。

「……まさか！」

母が立ち上がり、寝台の向こう側へと走る。

「ひぃぃ」

母は小さな悲鳴をあげて、膝から崩れ落ちた。

「かあさま、どした？」

あたしとサラも慌ててかあさまのところに走った。

「うわ～っ！」

驚いたサラの尻尾が揺れる。

「あー、これはだな……」

寝台の陰には、籠が置いてあり、その中には大量の生きた芋虫が蠢いていた。

その大量の芋虫は、コルコがロアのために集めたものだろう。

ロアのご飯をどうしようかと相談している最中、コルコは外に出ていった。

話を聞いて、ロアが食べられそうな芋虫を捕ってきてくれたのだ。

本当に優しくて賢いにわとりだ。

「ルリア？　これはどういうことかしら？」

だが、母が激怒していた。

「ええっと……ごはん？」

「ごはん？　だれの？」

「えっと……とりたち？」

ちらっとフクロウをみると、

「ほう！」

フクロウは芋虫のところに歩いて行って、パクリと食べた。

「な？」

「な？　じゃないです。芋虫は――」

――バサバサバサ
窓から鷹と雀が合わせて五羽はいってきた。

その鳥たちはみな、芋虫を咥えている。

「ぴょ～」

「ちょっとまって……」

顔を引きつらせる母を気にせずに、鳥たちは鳴きながら籠の中に芋虫を入れていく。

「これは……ルリアがやらせているの？」

「そう。ルリアがやらせている」

「そうよね、籠も用意しているし……」

籠はきっとコルコが用意したのだろう。

コルコが、部屋の中から芋虫を入れるのに丁度良い籠を探しだし、寝台の陰に置いたのだ。

だが、あたしは「コルコや鳥たちが勝手にやったことだ」とは言えない。

コルコも鳥たちも、ロアのためにやったのだ。

怒られる者がいるならば、それはあたしだ。

あたしは「こっちおいで」と鳥たちを集める。

コルコと、フクロウ、鷹、そして雀たちを順番に撫でた。

「ありがとうな」

「……ルリア。どうしてこんなことしたの？」

母のいる場所はあたしの背後。

だから、表情は見えない。だが怒っていることは声音でわかる。

「……とりごやがなくて、ご飯がたりなくなるからなー」

「ルリアが……食べようとしているわけではないのね？」

「そんなことしない。でもルリアがやらせた」

「そうなのね」

食べるつもりで集めたのではないと言うと、母の言葉から怒気が消えた。

「鳥たちのご飯を運んでもらうことにするわ。だから芋虫を集めるのをやめさせなさい」

「……うーん、でも」

「ルリア？」

「わかった」

これ以上抵抗すれば。母はあたしを監視下におくために、ここで仕事をしかねない。

芋虫は溜めずに鳥たちから直接受け取ってロアにあげることにしよう。

「もう、芋虫を集めさせたりしたらだめよ？」

「わかった」

母は、あたしをぎゅっと抱きしめて、頭を撫でてくれた。

「ここぅ！」

コルコがどこか満足そうに羽をバサバサさせると、体を押しつけに来る。

芋虫のおかげで、服の傷んだ肩の部分とフクロウとの剣術訓練がうやむやになった。

コルコはそれを狙って、かあさまのいるときに芋虫を持ってきたのかもしれない。

もしそうならば、コルコは、あたし並みの戦略家である。

「ふむー。コルコはすごいなぁ」

「ここ」

あたしはコルコのことを優しく撫でた。

「芋虫は……」

「きゅっきゅ！」

母が芋虫の処遇について語り出そうとすると、キャロが走ってきてすかさず一匹食べた。

「はっ！」

あたしは戦略家なので気づいた。これもキャロの作戦だ。

母は「芋虫を捨ててきなさい」と言うつもりだったに違いない。

だから、あたしはそう言われないために動く。

「キャロ。いもむしは鳥たちのご飯だからな？」

あたしは、母から見えないように気をつけながら、キャロにこっそり片目をつぶって合図する。

「きゅう〜」

キャロは両手で芋虫を摑んで食べながら、頷いた。

「ご飯をとるのがにがてな、鳥たちのご飯だ」

鳥たちのために芋虫は必要だと母にアピールした。

「だから、ちゃんとご飯をもらっているキャロは食べたらだめ」

「きゅ」

「鳥たちのご飯が、届くまでは、大切なご飯だからなぁ〜」

ちらりと見ると、母は「ふぅ〜」と大きく息を吐いた。

「わかったわ。ルリア。お昼までに急いで鳥たちのご飯を運ぶように指示を出すわね」

「ありがと！」

ご飯が届けば、鳥たちの食料事情が改善する。

そうなれば、ロアは鳥たちのご飯を分けてもらうこともできるだろう。

「よかったね、ルリアちゃん」

「うん、よかった」

ずっと緊張していたサラもほっとしたようだ。

あたしが叱られるのでは？と心配してくれていたらしい。

『どうなるかと思ったのだ』

クロも胸をなで下ろしていた。

「かあさま、このいもむしはルリアがせきにんをもつ」

「責任？　具体的には？」

「いっぴきも、にげないようにする」

「そうね、それは大事ね？」

「ちゃんと、ぜんぶみんなにたべさせる」

「そうね。それも大事。でも、もう一つ大切なことがあるわよね」

「……………む？」

なんだろうか。

「あっ、ルリアはたべない？」

「も、もちろん、それも大事。でもそうじゃないわ」

あたしの答えを聞いて、母は少し慌てた。

いつもあたしが虫を食べることを警戒しているのに、想定外だったとは意外だ。

「あたしが食べないことといがいで……むう」

「ルリアが食べないのは、当然のことよ？　食べたらダメよ？　わかったかしら？」

「わかってる」

母は何度も念を押してきた。

「もう一つ大事なことは、これ以上集めさせないこと」

「えー」

「えー、じゃありません。お昼には鳥たちのご飯が届くのだから、集める必要はない。そうよね？」

「そう」

母の圧が強くて、認めるほかなかった。

「これ以上、芋虫を集めさせない。いいわね？」

「わかった」

「芋虫は？」

「あつめさせない」

「そう、それでいいわ。わかっていると思うけど、毛虫も当然ダメよ？」

「わかった」

芋虫と毛虫が良くなくとも、カブトムシなら良いかもしれないと思ったのだが、

「もちろん、カブトムシとか蟬もダメよ？」

「わ、わかった！」

母は鋭くて困る。

「それとルリア。お屋敷でも言ったけど、部屋の中で鳥たちと暮らしたらダメよ？」

「うん。わかっているけど。でも……雨がふりそうだしなー」

「鳥小屋も、今日中に建ててもらうから」

「おー」

「だから、ダメよ？　糞と脂粉と羽で大変なことになるのだから」

「わかった」

その後、あたしが鳥たちに、一匹ずつ芋虫食べさせていたら、

「……もう集めさせたらだめよ？　逃がさないようにね」

と念押しして、母は部屋から出て行った。

「かあさま、しばらく部屋で、ルリアをみはるとおもったのだがなー」

なんと、母は扉もしっかり閉めて出て行った。

活動しやすいので好都合ではあるがとても意外だった。

「たぶん、扉をしめたのは、芋虫がにげださないようにかな？」

「なるほど？」

万一芋虫の籠をひっくり返しても、扉が閉まっていれば被害は最小限に抑えられる。

「それに、……いもむしを食べているところをみたくなかったんだとおもうの」

「ふむ？」

改めて鳥たちの様子を見る。

フクロウは芋虫をクチバシでバラバラにして、小鳥たちに分けてあげていた。

「たしかに、すこしあれかもしれないなー」

芋虫がバラバラになっているところは、あまり気持ちの良い光景ではない。

なんにせよ、母を誤魔化せたのは良かった。

あたしの演技力と誤魔化し力も成長しているのだろう。

「ほっほう？」

フクロウが「もういいかな？」と聞いてくる。

「ちょっとまってな？　クロ、かあさまは？」

『うん。一階に下りていったのだ』

「ほかのひとは？」

『二階には、ほかにだれもいないのだ』

「ありがと。クロはしばらくけいかいしておいて」

クロに見張りをしてもらえれば安心だ。

『まかせるのだ！』

「ありがと、クロ。サラちゃん、かあさまはとおくにいったみたい」

そう言うと、フクロウたちは、芋虫を食べるのをやめた。

かあさまの前で演技する必要がなくなったからだ。

それに、このまま食べ続けたら、ロアが食べる分がなくなってしまう。

「すまぬな？」

「ほっほう」

あたしは鳥たちを順番に撫でていく。

「みんなありがとう。すごくたすかった。コルコもありがと」

「ほほう」「ぴぃっ」「こっこ」

鳥たちのことを、サラと一緒に撫でていると、窓の外に気配を感じた。

「む？」

窓に視線を向けると、ダーウが一瞬見えた。

「え、ここにかい……」

サラが驚いて固まっている。また、ダーウの顔が一瞬見えた。

「ダーウ！」

あたしはサラと一緒に窓に駆け寄る。

「わふっ」

なんと、ダーウはぴょんぴょんと飛んで、窓から顔を出していたようだ。

「す、すごい」

サラが驚いて息を呑む。

ダーウは大きいが、二階の窓まではダーウの体長一・六メトルの倍近くあるのだ。

「ダーウ、凄いな？」

あたしは窓を全開にする。

すると、ダーウは前足で窓枠にしがみついた。

「はっはっはっはっ」

「のぼれる？」

「わふっ」

前足でしがみつき、お尻を振って、苦戦しつつもダーウはもぞもぞと部屋の中に入った。

それは、あたしが生まれたばかりの頃、寝台に登った時のようだった。

「おお……、さすがダーウ」「ダーウ、すごい」

「わふわふぅ」

顔を押しつけてくるダーウを、あたしとサラは撫でる。

「ダーウ。いいはんだんだった。たすかった」

「わふ」

ダーウが屋外に走って行かなければ、ロアがかあさまに見つかっていたかもしれない。

「サラもありがとうな？　じかんかせいでくれて」

「サラ、やくにたった？」

「すごくやくにたった。たすかった」

「えへ、へへへ」

あたしがサラを撫でると、

「りゃ？」

ロアが、ダーウの首元のモフモフした部分から顔を出す。

「ロアも、しずかにしててえらかったな？」

「りゃ～」

あたしはサラと一緒にロアを撫でた。

「ロア、おなかすいたな？」

「りゃぁ」

「コルコととりたちが、いもむしをとってきてくれたよ」

「りゃ」

あたしは、ロアを抱っこして、芋虫の入った籠の横の床に座る。

「たべるといい」

ロアの口に芋虫を近づけると、パクリと食べた。

「おいしい？」

「りゃむ！」

ロアの尻尾が元気に揺れる。

芋虫を気に入ってくれたらしい。

そんなロアを、囲むようにして、みんなが見守る。

サラ、ダーウとコルコとキャロだけでなく、フクロウたちも見守ってくれている。

きっと、鳥たちもロアのことが大好きなのだ。

「あ、そうだ。キャロ。キッチンからとってきたごはんをもってきて」

「きゅっきゅ」

「てつだうの」

キャロが走ると、その後ろをサラが追いかける。

そして、パンとナッツ、ウインナーを包んだハンカチとタオルを持ってきてくれた。

「ルリアちゃん、たまごもあるよ？」

「たまごは後でルリアがはこぶから、今はいいかな」

卵はポケットに入れて運んだので、タオルでくるまれていない。

だから、ポケットがないと持ち運びしにくい。

「ありがと。サラちゃんもロアにごはんあげるといい」

赤ちゃんにご飯をあげるのは楽しいものだ。

ついつい、全部自分であげたくなってしまうが、我慢しなければならない。

「サラがあげていいの？」

「もちろんだ。サラちゃん。ロアを抱っこしてあげて」

「うん。えへへ。ロア、食べる？　かわいいねぇ」

サラは床に座ってロアを抱っこすると、ナッツを手に取ってロアの口元に持っていく。

「りゃむ！」

ロアはナッツを食べて、尻尾を揺らす。

「ルリアちゃん、たべた！」

「うむ。たべるところもかわいいよなー」

「うん。かわいい」

あたしは、サラに抱っこされたロアの頭を撫でると、卵を取るためにタンスに向かう。

あたしの服はサラの服よりもポケットが多いので、卵を運びやすいのだ。

「ロアは芋虫とナッツどっちがすきかな～」

タンスに入れた卵を四個全部ポケットにつめながら、サラに語りかける。

「どっちかな？　どっちもおいしそうにたべてる。あ、パンもおいしいみたい」

「りゃぁむ～」

ロアは余程お腹が空いていたのだろう。

その小さな体に、どうやったら入るのかと不思議に思うほど、すごい勢いで食べていた。

あたしはポケットに卵をつめおえて、ロアのもとに戻る。

「たまごをわるのは、むずかしいからなー」

だが、あたしは立派な五歳児なので、卵を割ることができるのだ。

寝台の硬いところに卵の尖った部分をコンコンとぶつけていると、ダーウがやってくる。

「わふ～？」

ダーウは失敗したら任せろと言ってくれている。

失敗して、床に生卵が落ちたら、素早く舐めて証拠隠滅してくれるつもりらしい。

「うん。まんいちのときは、たのむな？」

「わふう」

ダーウは張り切っている。よだれが口からこぼれているほどだ。

「……ダーウもたべたい？」

「わ、わふ？」

ダーウは「そんなことない」と言っているが、どう見ても食べたそうだ。

「うむ？　うまくわれたかな？」

「……わふう」

卵の尖った部分だけ割ることができた。ダーウは少し残念そうに見えた。

「ダーウもいっこたべる？」

「わわう」

ロアにあげてと言っている。ダーウもまだ幼いのに優しい犬である。

「じゃあ、あとであまったらな？」

あたしはロアのもとへと戻って、殻を割った卵をロアの口に近づける。

「ロア、たまごだよー」

「りゃ？　りゃむりゃむりゃむ」

ロアは卵をしっかりと自分の両手で抱えた。

そして、顔を半分ぐらい卵の中に入れて舐め始める。

「たまごは好きみたいだね？」

ロアを抱っこしているサラが言う。

「うん。くいつきがいい」

勢いよく卵を食べていたロアが、突然固まった。

「どした？」

「りゃむ？」

ロアは卵をダーウに差し出した。

ロアは「おいしいから食べて」と言っているようだ。

「わ、わふ」

ダーウが驚くのも無理はない。

ロアは飢えた赤ちゃんで、卵は特に好きな食べ物なのだ。

それなのに、ダーウに「食べて」と言えるとは。

先ほどのダーウの動きを見て、ダーウも卵好きだと気づいたのだろう。

「ロア、だいじょうぶ。たまごはまだある」

「りゃぁ？」

「な？」

あたしは卵をポケットから出す。

「あとみっつある。それはロアがたべて」

「りゃむ〜」

「ダーウはこれをたべるといい。ダーウもたべないと、ロアもたべにくいからな」

「わふ！」

ダーウは嬉しそうに卵を口に咥えると、殻ごとかみ砕いて食べた。

「うわぁ。ダーウ、からもたべるの？」

サラが少し引いている。

「わふ？」

ダーウは「からもうまいけど？」と言っているようだった。


その後もロアはご飯をバクバク沢山食べた。

食べ終わるとロアは「けふっ」とげっぷをして、パタパタと移動し、じっと湖を見つめた。

「きのうから……ロアはみずうみが気になるの？」

ロアが窓に移動して外に出たそうにするとき、大体いつも湖を見つめているのだ。

あたしも窓まで移動して、ロアを抱っこする。

「りゃあぁ」

ロアは湖を見て悲しそうに鳴いたあと、あたしにぎゅっと抱きついた。

やっぱり湖からは不穏な気配を感じる。

「やっぱり、みずうみから、なにか、かんじる」

「ルリアちゃん、なにかって、なに？」『何かって、なんなのだ？』

「わかんない。ことばにするのがむずかしい」

『一応、あとでヤギたちに聞いておくけど……』

「おねがい。気になるからな？」

しばらく鳴いた後、ロアは、すやすや眠り始めた。

「おなかいっぱいになって、ねむくなったのかな？」

「うん、かわいいね。えへ、へへへ」

ロアを寝台に寝かせて、布団をかける。

残った食料はタンスの中にしまっておく。

芋虫もまだ半分ぐらい残っている。お昼ご飯もまかなえるだろう。

ロアが寝ると、鳥たちは安心した様子で飛び立っていった。

そして、あたしとサラ、ダーウ、キャロ、コルコ、クロは寝台の上でゴロゴロした。

ゴロゴロしているうちに、眠くなる。きっと、沢山動いたせいだろう。


恐らく数十分後。あたしは、部屋の外から聞こえる侍女の声で目を覚ました。

「お嬢様方、朝ご飯のご用意ができました」

「む？　むむ！　すぐ起きる！」

あたしは寝台から飛び出した。

「すぐにサラを起こすから、先行ってて」

「わかりました」

侍女が去っていくのを確認してから、みんなを起こす。

「ロア。ルリアたちはご飯をたべにいく」

「りゃむ」

「おるすばんできる？」

「りゃぁ～」

「だいじょうぶ。かならず戻る。クロ、たのめる？」

クロにもロアの説得を依頼する。

『任せるのだ。ロア様。ルリア様は少し出かけるけど、すぐ戻るから安心するのだ』

「りゃむ～？」

『ルリア様はご飯を食べに行くのだ。ご飯を食べないとお腹が空いてしまうのだ』

「りゃ！」

『おるすばんできるのだ？』

「りゃ～」

『できるって言っているのだ』

クロはロアを優しく撫でている。

「ロア、少しだけ待っててね」

「りゃ」

「クロ、コルコ、キャロ……、ロアをたのむのだ」

クロだけに、ロアの子守りを任せるのは不安だ。

クロはしっかりしているが、物理的な体を持たないからだ。

「こっこ」「きゅい！」

「コルコとキャロのご飯は、ルリアがちゃんと運んでくるからな」

「こ」「きゅ」

「だれかがきたら、ロアはタンスの中にかくれるといい」

「りゃ」「こ」「きゅっきゅ」

あたしはタンスを少し開けて、ロアが入れるようにした。

ロアが隠れたら、キャロとコルコが閉めてくれるだろう。

「まどは開けたままにしておこう」

窓を開けておけば、いざというときフクロウたちが助けてくれるだろう。


あたしとサラ、そしてダーウは食堂へと向かうことにする。

サラは部屋を出る前に、寝台に寝かせた木の棒の人形に布団をかけ直していた。

ダーウを連れていくのは、ご飯を運ぶのが大変だからだ。

体が大きいダーウは、当然食べるご飯も大量なのだ。

廊下の窓から外を見ると、雨が一層激しくなっていた。

「あめ……。ヤギたちと鳥たち、だいじょうぶかな？」

サラが心配そうに雨雲を見つめる。

「きっとだいじょうぶだよ。毛とか羽がみずをはじくし」

「うん。そうだね」

食堂に到着すると、すでに母と侍女が待っていた。

母の正面に、サラと並んで座って「いただきます」をする。

「きょうは、くろわっさんだ！」

「くろわっさん？」

「みかづきみたいなかたちのパン！　おいしいよ」

クロワッサンのほか、目玉焼きやウインナーなどがある。

いつもの朝食より品数も少ないし、作るのに手間がかからないメニューだ。

今の湖畔の別邸に料理人はいないし、配膳する侍女も一人だけなのだから当然である。

「うまいうまい！　な、サラちゃん」

「おいしい！　サラ、くろわっさんすき！」

お腹が空いていたので、とても美味しく感じる。

真夜中にロアを助け出したり、早朝にキッチンに忍び込んだりしたからだ。

「うまいうまい」

「ルリア」

ふと気づくと母がじっとあたしを見つめていた。

そのときはじめて気づいたのだが、母は朝ご飯を一口も食べていない。

「ん？　かあさま。どうしたの？」

「キャロとコルコはどうしたのかしら？」

「キャロとコルコはおひるねだ」

「ご飯も食べずに？」

キャロもコルコも、いつもご飯を楽しみにしているから、不思議に思ったのだろう。

「うむ。だからあとでルリアが、キャロとコルコのご飯をはこぶ」

母はあたしをじっと見つめている。何か疑われているのだろうか。

いや、違う。

昨日の夜ご飯のとき、ご飯を床に落とさないようにした方がいいと言われた。

落ちたご飯を食べてくれるキャロとコルコがいないから、母も気になるに違いない。

「……あまり、ゆかにご飯を、おとさないようにしないとな？」

あたしがそう言うと、母も食事を始めた。

やはり、あたしがちゃんと食べられるか気になっていたようだ。

何も疑われていないのならば、早速竜の可愛さをアピールする作戦に入りたい。

「かあさまって、どんなどうぶつがすき？」

「どうしたの急に？」

「ん、なんとなく」

かあさまに竜を飼いたいと思わせることができれば、作戦成功だ。

「そうねえ。犬も猫も好きよ。サラは？」

「サラもいぬもねこもすき。あ、プレーリードッグとにわとりもすき」

「そうね、キャロとコルコも可愛いわね」

「うん。えへ、えへへ」

サラは嬉しそうに笑う。あたしはそんなサラの口についたジャムをナプキンで拭いた。

「……それでルリアは、ダーウたち以外でどんな生き物が好きなの？」

「ダーウたち、いがいでかー」

「そう。フクロウや鷹みたいな鳥小屋のみんなと昨日のヤギたちも除いて」

「うーん、むずかしいけど」

「…………とても大きな虫かしら？」

じっと母はあたしの目を見つめている。

「むしは、とくべつにすきではないなー」

「そう。…………じゃあ蛇かしら？」

「へびも、とくべつすきというわけじゃないなー」

あたしがそう言うと、母は、どこかほっとしたように見えた。

理由はわからないが、母がほっとしている今が竜の可愛さをアピールするチャンスだ。

「ダーウたち以外だと、ルリアはどらごんがすき」

「え？　ドラゴン？」

母はなぜかぎょっとした。

「な、サラちゃんもドラゴンすきだよね？」

「うん。サラもドラゴンすき。えへ、かわいい」

「ドラゴンはなー。こうはねがパタパタしてかわいいし、しっぽもかわいい」

「…………」

竜の可愛さをアピールしているのに、母は無言でじっとあたしを見ている。

「……まさか」

母は食べ終わってもいないのに突然立ち上がると、食堂の外に向けて歩き出す。

「奥方様？」

「ルリアの部屋に行くわ。まさかとは思うけど、竜をかくまっていないわよね？」

「えっ？」「いっ！」「わふっ」

あたしとサラ、そしてダーウの驚きの声が重なった。

サラとダーウの尻尾がびくりとした。

「か、かあさま、とと、とつぜんいったいなにを」

驚きのあまり舌が回らない。

「食事はそのままで。まだ片づけなくていいわ」

侍女にそう言うと、母は早歩きであたしの部屋に向けて歩き出す。

あたしとサラ、ダーウは母の後を追いかけた。

「かあさま？　ごはんたべよ？」

「ルリア。キッチンに入ったわね？」

「え？　ええっと」

「食料の受け渡しは屋外で行なわれているから大事はなかったけど」

どうやら本邸の使用人は、別邸の前まで食料や物資を運ぶと、中には入らず帰るらしい。

物資を別邸に入れるのは、一緒に隔離されている従者たちだ。

「ルリア。立ち入り禁止の場所には入ったらダメって言ったわよね？」

「ごめんなさい」

謝るしかない。

今回は大丈夫だったが、本邸の使用人が中に入っていたら一緒に隔離されるところだった。

もし、本邸の使用人が気づかずに帰っていたら、それこそ大惨事だ。

もしかしたら、あたしがやらかすことも考えて、念のために屋内に入らなかったのかもしれない。

「とても許されないことをしたわ。あとで罰を覚悟しなさい」

「あい」

「あ、あの、ルリアちゃんがわるいんじゃなくて、サラがわるいの」「わわう！」

サラとダーウがかばってくれる。

ダーウは早歩きの母の前で仰向けになって、一瞬踏まれそうになりながら、お腹を見せる。

母は、ダーウの手前で足を止め、あたしを見る。

「そうなの？　ルリア」

「ちがう。サラちゃんもダーウもわるくない。ルリアがわるい」

「サラとダーウは手伝っただけよね？」

母を足止めしたこともばれていたようだ。

母はダーウを避けて歩き始める。

「ち、ちがう。サラがおなかがすいて……」「わふわふ！」

「生卵とパンとウインナーとナッツ類を、サラが食べたのかしら？」

「えっ？」「いっ？」「わふぅ!?」

キッチンからとってきた食料の種類まで把握されていた。

「食料は全て数まで管理されているのよ。知らなかった？」

「……し、しらなかった」

「パンとウインナー、ナッツ類ならまだしも、生卵四つはルリアもサラも食べないわよね」

「えっと……」

ダーウなら食べると言いかけたが、罪を擦り付けることになるのでやめた。

いくらロアを隠すためでも、それはよくない。

「肉食系の大きな虫の魔物か、蛇かと思ったのだけど」

確かにそれらは生卵を食べるだろう。

「まさか竜だったとはね……」

「…………」

あたしの部屋の扉が見えた。

扉から上半身だけ出していたクロが慌てて、部屋の中へと引っ込んだ。

『かあさまがきたのだ！　急いで隠れるのだ！』

部屋の中から、クロとキャロとコルコが慌てる音が聞こえた。

あたしは耳が鋭くなる特技があるので聞こえるが、母には聞こえていないだろう。

「ルリア。約束したわよね？　なにかを拾ってきたら必ず報告するって」

「……ごめんなさい」

部屋の前につくと、母はすぐに扉を開けた。

扉を開けて最初に目に入ったのはコルコだった。

「ここぅ！」

寝台の上にいたコルコはバサバサと羽ばたいて、こちらに来る。

「コルコ。キャロはどうしたのかしら？」

「きゅ？」

キャロが窓の外から顔を出す。

コルコとキャロがいる場所も、コルコたちの作戦のうちだろう。

今、ロアはタンスの中にいる。

母の目をタンスから逸らすために、コルコは寝台に、キャロは窓の外にいたのだ。

これで母はまずは寝台を調べ、見つからなければ窓の外を調べるだろう。

窓の外で見つからなければ、外に逃げたと思うに違いない。

「うーん。そうね」

だが、母は寝台にも窓の外にも向かわなかった。

まっすぐにタンスへと向かう。

「え？　かあさま」

「どうしたの？　ルリア」

母は下から順番に引き出しを開けていき、下から二段目を開けて、

「……りゃ」

あっさりとロアを見つけた。ロアは怯えてプルプル震えている。

ロアはサラの木の棒の人形をぎゅっと抱きしめている。

そしてそんなロアをクロが優しく抱きしめていた。

「……ルリア。説明して」

あたしは答える前に母の前に回り込んで、ロアを抱きしめた。

あたしがロアを抱きしめると、クロはすうっと床の向こうに姿を消した。

ロアを安心させるために抱きしめていてくれたのだろう。

「りゃ～」

ロアはあたしにひしっと抱きついて、お腹にほおずりする。

「えっとね。あ、おなかすいているかもだから、説明のまえにご飯をあげるね」

「そうね。食べさせてあげなさい」

あたしはロアと同じ場所に隠したご飯を食べさせる。

ウインナーを口元に持っていくと、ロアは美味しそうに「りゃむりゃむ」食べた。

サラは心配そうにロアを撫で、ダーウはベロベロとロアのお尻を舐めていた。

「……あれは、まよなかのこと。フクロウがやってきた」

「フクロウが？」

「そう。フクロウ、きてー」

あたしが窓の外に向けて叫ぶと、静かな羽音とともにフクロウがやってきた。

「ありがとな。フクロウ」

フクロウは口に木の実を咥えていた。それをロアの口元に持っていく。

「りゃ～」

嬉しそうにロアはその木の実をぱくりと食べた。

フクロウが虫ではなく木の実を持ってきたのも、母の心証対策だろう。

あたしは木の実を食べる可愛いロアを、母に見せながら説明する。

「フクロウは、この子をたすけてほしかったみたい」

嘘はついていない。だが、本当のことを全部話すわけにはいかない。

フクロウに呼ばれて、呪者を倒してロアを助けたなどと言えるわけがないのだ。

「そうなのね。それで、どうして母に報告しなかったの？」

「この子はやさしくていい子だけど、ドラゴンって聞いたらこわがるかなって」

「そうね。普通は怖がる、いえ、畏れるわね」

「だから……かあさまにドラゴンの可愛いさをあぴーるしようとおもって」

「そうすれば、認めてもらえると」

「かくりつは、あがる？」

そのとき、サラがロアの口の中に指を持っていく。

「りゃむ」

ロアはあむあむとサラの指を吸った。

「ね？　ドラゴンだけど、かまないの。こわくない」

サラも安全性をアピールしてくれる。

「かあさま、おねがい！　あかちゃんだから、ほごしないとしんじゃうの！」

「ルリア。竜はね、『触らぬ竜に災いなし』っていうのよ？」

母は、かつて竜の赤子にひどいことをした国が滅ぼされたことがあると教えてくれた。

「だから、高貴な力のある竜に対しては国王陛下ですら、首を垂れるの」

「でも、もうルリアはドラゴンにさわった」

「サラもさわったの」「ばうわふ！」

押すべきは今しかない。あたしは力強く宣言する。

「いまさら、ドラゴンを捨ててこいといわれても、もうおそい！」

「そうねぇ。それこそ竜の怒りを買いかねないかも……しれないわね」

「そう！　ドラゴンのしっぽのいちげきは、あらゆるものをはかいするからなー」

竜を怒らせれば、それこそ大きな被害が出る。

母は、あたしたちをじっと見つめたあと、ため息をついた。

「……グラーフに聞いてみるわ」

「やった！」

父に聞いてみるということは、母はよしと判断したということだ。

「落ち着きなさい。まだ飼って、いや保護していいとグラーフが言うとは限らないわよ？」

「わかってる。ダメって言われたら、とうさまもせっとくする」

母はしゃがんで、あたしとサラと目を合わせた。

「ルリア、サラ。この子は可愛くても竜なの」

「わかってる」「あい」

「偉大で敬うべき、そんな存在なの」

「うん」「あい」

「飼うのではなく、赤子の間だけ保護するの。それを忘れないでね？」

「わかった」「どうちがうの？」

母はサラの頭を優しく撫でた。

「飼うというのは、ダーウやキャロ、コルコと同じ。ルリアがご主人様なの」

「うん」

「ルリアが責任を持って躾けないといけないわ」

「あい」

「でも、竜を保護するというのは、ご主人様になるということではないの」

母はゆっくりとあたしとサラに説明してくれる。

「ルリア。サラ。竜を躾けようなどと考えてはだめ。思い上がりだしおこがましいわ」

「じゃあ、トイレとかどうすればいいの？」

サラがロアを撫でながら尋ねる。

「トイレを失敗しても、叱るのではなくお願いしないとだめ」

「トイレでしてくださいって？」

「そうね。あくまでも偉大なる種族ということを忘れてはだめ。わかったかしら？」

「わかった」「わかったの」

「いいこね」

母は、もう一度サラの頭を撫で、それからあたしの頭を撫でた。

まだ父の許可は出ていないが一件落着である。

安心するとお腹が空いた。まだ朝ご飯の途中だったのだ。

「かあさま。あさごはんたべよう。ルリアおなかすいちゃった〜」

「ルリア。待ちなさい」

「ん？」

「キッチンに入った件がまだ終わってないわ」

「ひぅ」

母は笑顔だが、目は笑っていなかった。

六章　五歳のルリアの日常と謎の生物

あたしはしばらくの間、母に叱られた。母が怒ると本当に怖い。

怒鳴られるわけでも、叩かれるわけでもないけど怖い。

でもあたしは、並の五歳児ではなく、前世がある立派な五歳児なので泣かずに耐えられた。

「いいかしら。ルリア。ダメなのは竜の子を保護したことじゃないの」

ロアを保護したことではなく、約束を破ったことを叱られた。

ロアを拾ったのに、報告するという約束を破って隠したこと。

立ち入り禁止の場所には入らないという約束を破ってキッチンに入ったこと。

まったくもって、母の言うとおりなので、反省するしかない。

それらについて、あたしが叱られている間、

「ぴぃ……」

ダーウはあたしと母の間で、床に仰向けになりお腹を見せて転がっていた。

ぴぃぴぃ鼻を鳴らして、許しを請うている。

「……ダーウは、謝らなくていいのよ？」

「ぴぃ〜……ぴぃ」

ダーウが一緒に謝ってくれたおかげか、母のお怒りタイムは五分ぐらいで終わった。

体感では十五分ぐらいだが、たぶん五分ぐらいだと思う。

叱られている時間は長く感じるものだからだ。

「ルリア。わかったわね？」

「わかった」

「なら、いいわ。朝ご飯を食べましょう」

母がそう言うと、キャロとコルコは、お腹が空いているのか早速歩き始めた。

キャロたちは歩き出さないあたしたちを見て「はやくいこ？」と言いたげに首をかしげる。

ちなみに、フクロウはあたしが叱られている間にいつのまにかいなくなっていた。

外は雨なのだから、もっと長居してくれてもいいのに。

一方、サラはあたしの頭を優しく撫でてくれる。

「いいこいいこ」「りゃむりゃむ」

あたしに抱っこされていたロアも、あたしの肩に登ってサラの真似をして撫でてくれる。

「ありがと。サラちゃんもまきこんですまぬな？」

「ううん、いいの」

サラも、あたしを止めなかったから、少し叱られてしまったのだ。

「ロアもダーウもありがと」

「りゃあ～」「わふぅわふぅ」

ダーウは慰めるためか、あたしの顔をベロベロ舐めた。

まるで「だいじょうぶ？」と言っているかのようだ。

顔を舐められているとき、ふと思った。

「……ダーウもしかられた？」

「わふ？　わふぅ」

ダーウはあまり覚えていなそうだ。

ダーウは屋敷を脱走して男爵邸に駆けつけたので、家に帰ったら叱られることになっていた。

「もちろん、昨日の散歩の後に叱っておいたわ」

あたしがサラとロアとダーウに慰められているのを優しく見守っていた母が言う。

「そっかー。ダーウもしかられたかー」

散歩の後というと、昨日あたしたちが昼寝をしていた頃だろう。

「ルリアもいっしょに叱られるはずだったのに」

「わふわふ！」

「すまんな？　つらいめにあわせて……」

あたしはダーウをぎゅっと抱きしめた。

「……そんなにきつく叱ってないわよ？」

母が心外だと言いたげな表情でダーウを撫でる。

「ダーウはダメっていうと、すぐ仰向けになるから……それ以上叱れなくなるよね」

「わふぅ？」

ダーウはかあさまに甘えに行く。

「勝手に来たらダメでしょって言う前から、仰向けになるの」

「ふむ？」

「ダーウこっちに来なさいって言っただけなのにね」

きっと、声の調子で叱られるとわかったのだ。

だから、とりあえず仰向けになって反省の意を示したに違いない。

「もう、ダーウは、まったく」

「わふ～」

あたしたちは食堂へと歩いて行く。

サラは木の棒の人形をしっかりと抱っこしてついて来る。

「ところでルリア。竜の子の名前は何にするの？　竜っぽい格好いい名前がいいと思うのだけど」

「そうだなー。でも――」

ロアという名前があると言おうとしたのだが、

「レオナルドとかどうかしら ね？　竜っぽくていいと思うのだけど」

「…………」

母はレオナルドがいいらしい。

ダーウのこともレオナルドと名付けようとしていた。

ひょっとしたら、かあさまは、レオナルドという名前がお気に入りなのかもしれない。

だが、今回はレオナルドと名付けることはできない。

「もうロアという名前がある」

「りゃ～」

ロアは嬉しそうに羽をバサバサとさせる。

ロアはあたしの肩に乗っているので、髪がボサボサになった。

「ロア。そう。ロアというのね」

母はあたしの肩に乗ったロアのことを撫でる。

「りゃりゃ～」

するとロアは嬉しそうに鳴いた。

ロアは母のことも好きになったようだった。


それからあたしたちは、ロアを含めたみんなで食堂へと向かう。

食堂に入ると、冷め切った目玉焼きとウインナーが並んでいる。

食事中に部屋に行ったので、当然のことだ。

「クロワッサンは温め直したのですが……急いでほかの料理も」

「その必要はないわ。ありがとう」

「うん。冷めてもうまい。くろわっさんあたためてくれて、ありがと」

「もったいないお言葉」

侍女はあたしたちが戻ってくるのを見計らって、クロワッサンを温め直してくれていた。

一人しかいないというのに、とてもありがたいことだ。

「いそがしいところ、すまないのだけど……ロアのごはんをもってきてほしい」

「えっと、あ、はい。ルリアお嬢様、その子は一体なにをたべるのですか？」

「なんでもたべるから、ルリアたちのごはんとおなじでいいかも」

「そうなのですね。すぐに準備いたします」

去りかけた侍女の背中にあたしは慌てて告げる。

「あ、たまごとかすきっぽい？」「りゃっりゃ」

「畏まりました……あの、ルリアお嬢様」

振り返った侍女はロアをじっと見つめていた。

「どした？」

「その子は、まさかりゅ……」

「え、えっと……」

竜であることを教えていいのだろうか。あたしは困って母を見る。

「この子はロアという名の竜なの」

母はあたしの代わりにロアのことを侍女に紹介してくれた。

「りゅ、竜でございますか？」

「そう。でも内緒よ？」

「か、畏まりました」

侍女はそう言うと、頭を下げてキッチンへと走って行った。

そしてあたしはいつものように母の正面にサラと一緒に座る。

コルコとキャロは、最初から用意されていたご飯を食べ始める。

「わふぅ？」

ダーウは「なんで僕のご飯がないの？」と悲しそうな目をして見上げてくる。

だが、先ほど、ダーウはすごい勢いで朝ご飯を全部食べ終えたのだ。

「ダーウは、さっきぜんぶたべたでしょ？」

「ぴぃ～、ぴぃ……ぁぅ」

ダーウは「食べてないし、お腹が空いて死にそう」だとアピールし始めた。

「えぇ……ふとるよ？」

「しかたないのだなぁ」

「わふう？」

あたしは自分の分のウインナーをダーウにあげる。

「わふわふ」

ダーウが美味しそうに食べるので、あたしも嬉しくなる。

あたしはクロワッサンを食べる。

「やっぱりうまい、な？」

「おいしい！」

「ロアもたべるといい」

「りゃあ～」

ロアにもクロワッサンを分ける。

ロアがバクバク食べるので、嬉しくなってウインナーも食べさせる。

サラはテーブルの上に置いた木の棒の人形に、食べさせる真似をしながら食べている。

「ロアは、赤ちゃんだから、たくさんたべたほうがいい」

先ほども食べていたのに、まだ入るらしい。

そこに侍女がロアの分のご飯を持ってきてくれた。

「ロアのごはんきたよー。どんどんたべてな」

「りゃあ～」

あたしがロアにご飯をあげていると、侍女がロアをじっと見つめた。

「む？　なでる？」

「え、いいのですか？」

「いいよ。な、ロア」

「りゃあ～～」

「ありがとうございます！」

侍女は食事中のロアを撫でて「かわいい」と呟いてニヤニヤしていた。

あたしはロアにご飯をあげながら、たまにダーウにも食べさせて、自分も食べる。

時間は掛かったが、あたしもお腹いっぱいになるまでご飯を食べることができた。


後片付けをした後、あたしたちは昨日と同じく書斎兼談話室へと向かった。

「とうさまにロアのことをお願いする手紙をかかないとだからなー」

「みとめてくれるかなー？」

「そこはルリアのうでのみせどころだ」

あたしには、自信があった。きっと父は認めてくれるに違いない。

あたしはサラ、ロア、ダーウに見守られながらペンを手にする。

「まずは……ヤギたちのことから書こう。えっと……」

『きのう、りょうみんがきました。すいろが岩でふさがってこまっていましたが――』

そのような情報はとっくに父のもとに報告が上がっているだろう。

だから、大事なのはこの先だ。

『ヤギはすっごくでっかくて、ウシとイノシシもとてもおおきかったです』

「あとは、ヤギたちが活躍したことを書いて……」

『ヤギたちをかいたいです。いいこなので、やくにたつので、かいたいです』

「これでよしっと」

サラに字を教えるためにも、あたしは音読しながら書いていった。

一応、岩が割れたら嫌な気配が消えて雨が降ったことも書いておく。

これだけ書けば、父なら、きっと調べてくれるだろう。

「いよいよ、ほんだいだ。えーっと『ドラゴンの子をひろいました』……いや、ほごがいいな？」

あたしは『ひろいました』を線で消して『ほごしました』に訂正する。

拾った子ならともかく保護した竜の子を捨ててこいとは、父も言いにくいに違いない。

あたしは、自分で自分の戦略家ぶりに、感心した。

「これでよしっと。かあさま。これをとうさまにとどけて！」

「はいはい。ちゃんと届けますよ」

母に任せれば安心だ。

ふと、あたしは窓の外を見る。雨はどんどん激しくなっていた。

「そとで……遊びたいところではあるのだけどなー」

「お外は危ないし、雨だからやめましょうね」

そのとき、サラが笑顔で言った。

「ルリアちゃん、おにんぎょうであそぼ」

サラの尻尾は元気に揺れている。

「そだね。あそぼっか」

昨日から、姉から貰った人形で遊びたいと、サラは言っていた。

昨日は手紙を書いた後に遊ぼうとしていたら、領民がやってきたのだ。

ちなみに人形は、昨日のうちにあたしたちの部屋に運んである。

「そだな。かあさま、部屋であそんでくる」

「はい。もう悪いことしちゃだめよ？」

「わかってる！」

あたしたちは、自室へと走って戻った。

自室に戻ると、サラは机の上に姉から貰った人形を並べていく。

しっかりと木の棒の人形も並べた。

サラが並べる人形を、ダーウはお座りして、ロアは机の上から見つめていた。

ちなみにキャロは寝台のあたしの枕の上で寝ているし、コルコは窓際で外を見張っている。

「ルリアちゃんが、おきゃくさまね？」

サラに人形の一体を渡された。

「わ、わかった。おじゃましまーす。とことこ」

「わー、よくいらっしゃいました」「りゃ～」

サラは棒の人形を操って、出迎えてくれる。

「おみやげにパンをもってきた」

「まあ、ごちそうね！　いっしょにたべましょ」「わふ？」

ダーウが「パン？」と反応したが、とりあえず無視しておいた。

「どうぞ、おちゃです」

「わかった。うまい。ぐびぐび」「りゃむりゃむ」

すると、ロアも一緒に飲むふりをする。

ロアは赤ちゃんなのに、あたしたちの言葉がわかっているのかもしれなかった。

とても賢い赤ちゃんである。

「わふ？」

あたしとサラが食べるふりをすると、そのたびにダーウが口の匂いを嗅ぎに来る。

本当に食べているのか確認しているらしい。

もし食べているなら、自分にも分けて欲しいと考えているに違いない。

「おちゃが、パンにあう！」「りゃ」

遊んでいるうちにあたしも楽しくなってきた。

いつの間にかクロや精霊たちが周囲に集まってきている。

『おちゃのむ！』『ぱんがうまい！』『おひるねをさせてもらおう』

精霊たちも一緒に遊んでくれる。

だが、残念ながら、サラには、精霊たちの声は届かない。

「こちらのモサモサのおきゃくさまが、おちゃをおいしいとおおせだ」

「まあ、おかわりもありますの」

あたしが通訳して、一緒に遊ぶ。

クロは遊びに参加せず、キャロの隣で眠っていた。

「まあ！　赤ちゃんがおもらししてしまいましたわ」

「りゃむ？」

どうやらロアが赤ちゃん役に就任し、お漏らししたことになったらしい。

本当は漏らしていない。ロアはお茶を飲むふりをしていただけである。

「おしりをふかないと！」

「おしめをしないといけないわ」

あたしとサラはロアを仰向けにして、タオルでお尻を拭く。

「りゃっりゃ！」

「きれいになりましたねー。おしめしますよー」

「りゃ～」

あたしとサラがタオルをロアの腰に巻くと、ロアは嬉しそうに尻尾を揺らす。

ロアには立派な尻尾があるので、うまく巻けないが、まあいいだろう。


その後、赤ちゃんロアと一時間ぐらい人形遊びをしていたら、サラがうとうとし始めた。

「おひるねのじかんだ！」

「まだ、だいじょぶ……」

あたしはサラを抱っこして、寝台へと運ぶ。

サラと抱きあう形で、お尻を支えて抱っこして歩いていく。

「ふぬー」

サラは重いが、あたしは剣術訓練をしているので、抱っこすることができるのだ。

サラを寝かせた後、その横に木の棒人形と赤ちゃんロアも寝かせる。

あたしも寝台に入ろうとすると、クロが言う。

『少し話があるのだ』

「む？　なに？　サラ、いいこいいこ」

あたしはサラの柔らかい髪を撫でながら、クロを見る。

『昨日、みんなで考えたのだけど……。ルリア様に戦い方を教えるのだ』

クロは真剣な表情でそう言った。

「たたかいかた？　けんじゅつならだいたい毎日やってるよ？」「ばう！」

ダーウも「剣術ならまかせろ！」と言っている。

湖畔の別邸に来てからはあまりできていなかったが、基本的に毎日剣術の練習をしている。

『剣術だけでは不足なのだ。昨晩、ロア様を助けたときのことを思い出すのだ』

たしかに沢山の呪者を五歳児の剣で倒すのは難しい。

『今後強い敵に会った時、身を守るためにも魔法を使いこなす必要があるのだ』

「……でも、魔法はきんじられているからなー」

父が言うには、幼児から魔法を使うと背が伸びなくなるらしい。

『そう。そこで想像訓練なのだ！』

「………なにそれ？」

『ルリア様は敵を想像して剣術を練習しているのだ。それを魔法でやるのだ』

確かにあたしは敵を想像して剣術訓練をしている。だが剣は実際に振るっているのだ。

魔法は実際に放つわけにはいかない。本当に効果があるのだろうか。

『魔法は意思の力と想像力が大事ゆえ、想像訓練の効果は高い……はずなのだ』

「わかった。おしえて」

語るほどクロの声は小さくなった。クロ自身、有効性に確信はないのかもしれない。

『……やってくれるのだ？』

「ためしてうまくいかなくても、わるいことはなさそうだし」

『ありがとうなのだ！』

お礼を言った後、クロは寝台に寝っ転がるあたしに語りだす。

『まず昨夜ルリア様が作った癒しの風についてなのだけど』

「いやしのかぜ？」

昨夜、あたしが「きえれぇぇぇぇぇ！」と叫んだ後、呪者は消え去った。

どうやら、そのときに発動したものを、クロは癒しの風と名付けたようだ。

『前世のルイサ様は精霊力を魔力に変換して魔法を放っていたのだ』

クロの言うとおりだ。そしてそれは魔法の基本中の基本である。

どんな魔導師も精霊から精霊力を借りて、それを体内で魔力に変えて魔法を発動する。

『だけど、昨日の癒しの風は、精霊力をそのまま魔法として発動していたのだ』

「ふむ？　どういうこと？」

『今のルリア様は守護獣に似た存在なのだ。だからそういうことができるのだ』

以前、クロが、あたしのことを半分精霊と言っていた。

半分精霊だから、精霊力をそのまま使えるということなのかもしれない。

『ともかく精霊力に慣れることが大事なのだ。体内で精霊力をぐるぐる回すのだ』

クロの言う通り、あたしは練習した。

意識したことはなかったけど、確かに体内を巡る力は魔力とは違う気がする。

「いしきして、はじめて気づいたけど、ルリアの魔力回路が前世とちがう？」

『……それはそうなのだ。でも普通は血管の流れと同じで、違っても気づけないのだけど』

どうして気づけたのだろう。考えているとクロが言う。

『もしかしたら前世のルイサ様が死なないように体に魔法をかけ続けていたからかも？』

前世のあたしは栄養が足りないから常に体内に魔力を流し続けていた。

病気になって死にかけたときは、体の隅々まで魔法で調べた。

それで、体内の魔力の流れを把握することに熟達したのかもしれない。

「なんとなく、精霊力をぐるぐる回すコツがわかってきた気がする！」

『さすがルリア様なのだ。こんなに早く上達するとは！』

「そかな？　えへへ」

『毎日、寝る前や暇なときに練習すると良いのだ！』

「わかった！」

そしてクロは少し考えて言う。

『でも、魔法はいざというとき以外は使わないで欲しいのだ。成長に良くないし』

「やっぱり、からだにわるいのかー」

『たぶん悪いのだ。魔法を使うときも範囲を狭めて、最小限にしてほしいのだ』

「うん、気をつける」

『癒しの風は、全方位に無制御に力を放出したけど、あんな使い方は体に悪いのだ』

クロは真面目な顔で、教えてくれる。

ぐるぐる回す練習をすることで、操作がうまくなるという。

いざ発動するときに、消費精霊力はより少なく、威力はより高くなるらしい。

『あと敵が魔法を使いそうだと思ったら、やめろって命令してみるといいのだ』

「ことばでいうだけ？　いみあるの？」

『あるのだ。命令の対象は発動者じゃなくて精霊なのだけど』

「ほむー」

どんな効果があるのかわからないが、クロが教えてくれたのだから意味があるのだろう。

もし、万が一、敵の魔法を止めたいときはそうしよう。

しばらく、目をつぶって、精霊力を意識する練習をした。

クロは色々教えてくれる。癒しの風は呪者に特効があるらしい。

『あの癒しの風を、全方位ではなく指向性を持たせて使えたら効果絶大なのだ！』

「ふむふむ」

『前世を含めれば歴戦の魔導師だから、精霊力の使い方さえ理解すればいいのだ！』

クロに励まされながら、あたしはサラが起きるまで訓練を続けたのだった。


あたしは疲れて昼寝するまで、クロと一緒に訓練した。

起きて昼ご飯を食べている間も、ずっと精霊力を意識した。

サラと遊んでいるときも、夜ご飯を食べているときも、お風呂に入っているときもだ。

そのおかげか、たった一日だが、だいぶ精霊力の扱い方がわかった気がする。

お風呂から上がったあたしたちは、自室へと戻った。

外からは雨音が聞こえている。

「ルリアちゃん、雨やまないね。どんどんつよくなってる」

「うん。外であそべないなー。ダーウは雨でもおかまいなしだな」

「わふ？」

ダーウは朝と夕方の二回、雨の中をきっちり散歩させてもらっている。

いつもよりは控えめに、それでも一時間ぐらい外を従者と一緒に走っていた。

「じゅうしゃの人も、ビシャビシャだったものなー」

「わう」

従者長は雨天時行動のいい訓練になると笑っていたが、当の従者は大変そうだった。

「あしたは、晴れるといいなぁ」

「そだねぇ。サラは晴れがすき」「わふわふ」

サラとダーウも晴れが好きらしかった。

そんなことを話しながら、あたしたちは一緒に寝台に入る。

眠る前に目をつぶって、精霊力を体内でグルグル回す。

「……ルリアちゃん、なにしてるの？」

「クロに教えてもらったくんれん。サラちゃんもする？」

「する！」「りゃあ～」

「ロアもしたいな？」

ロアも一緒に練習したそうにしていたので、教えることにした。

精霊力も魔力も、回し方は大差ない。あたしは魔力をグルグル回す方法をサラとロアに教えた。

サラもロアも最初から魔力の操作がとてもうまかった。

「サラちゃんもロアも、すじがいいなぁ」

『ほんとに筋がいいのだ』

「そかな？　えへへ」「りゃっりゃ！」

だが、サラとロアは小さいので練習の途中で眠ってしまった。

あたしも目をつぶって練習していたら、いつの間にか寝ていた。

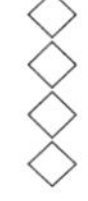

「ルリアちゃん、ルリアちゃん」

「…………どした？」

「ト、トイレいきたくなっちゃったの」

真夜中、あたしはサラに起こされた。

「ん、わかった。いっしょにいこ」

この部屋にはちゃんとトイレが隣接してある。

だが、暗い中、そこまで移動するのが怖かったのだろう。

あたしはサラと手をつないで、暗い中、トイレまで移動する。

コルコとダーウは寝台の中で眠っているが、キャロがちゃんとついてきてくれる。

「キャロも寝た方がいい」

「きゅ」

キャロは本当に真夜中も見張ってくれているらしい。

とてもありがたいが、心配になる。

「ルリアちゃん、くらいね」

「そだなー。月も星もでてないからなー」

クロに輝いてもらうといいのだが、クロも眠たいだろう。

「ルリアは外でまっているな？　キャロ、おねがいな？」

「うん。ありがと」「きゅ～」

キャロがサラと一緒にトイレに入ってくれたので、あたしは扉の外で待機する。

「ルリアちゃん、いる？」

「いるよ、あんしんしていい」

「そっか、えへへ」

サラは怖いようで、たびたび声をかけて来る。

あたしは暗闇には慣れている。

前世では明かりのない家畜小屋で暮らしていたのだから。

「ルリアちゃん、あめすごいねぇ」

「そだねぇ」

ますます激しくなった雨が窓を叩く音と強く吹く風の音が大きく聞こえてくる。

サラはこの激しい音で目を覚まし、そして尿意に気づいたのかもしれない。

「こうずいとか、ならないといいのだけど……」

前世の頃は川の氾濫対策に駆り出されたこともあった。

決壊した堤を修復するまでの間、水があふれださないよう一晩中支えたものだ。

気になって窓の方を見て、ロアが窓辺にいることに初めて気づいた。

「ロア、おきてたの？」

「……………」

無言のまま、ロアは無表情であたしを見つめる。

そのロアは、まるでロアじゃないような気配があった。

それに窓の外、護衛小屋のさらに向こうにある湖の気配が変だ。

あたしは湖をじっと見つめる。だが何もない。

「……きのせいかな？」

「おまたせ、えへへ」「きゅ」

サラとキャロがトイレから出て来る。

「もうだいじょうぶ？」

「うん、ありがと。ルリアちゃんは？」

「だいじょうぶ。ロアもねるよ」

呼びかけたが、ロアは窓の外をじっと見つめたまま動かない。

あとで、ロアを抱っこして寝台まで運んであげよう。

そう考えて、あたしはサラと手をつないで、寝台まで歩いていく。

あと少しで寝台に到着するというとき、部屋の中が一瞬明るくなった。

そのすぐあと「ダアアアアン」という轟音が響いた。

「かみなりがおちたねぇ。ちかいかも」

「…………………」

「サラちゃん？」

サラは固まっていた。

「びっくりしちゃったのかな？」

サラは驚くと固まる傾向がある気がする。

もし、トイレに行く前なら漏らしてしまったかもしれなかった。

「トイレしたあとで、よかったなぁ」

あたしは、固まったサラをおんぶして、寝台まで運ぶ。

「ロア、だいじょうぶ？」

「…………」

呼びかけると、ロアは相変わらず無表情のまま、こちらを見た。

いつものロアではないが、怯えているわけではなさそうだ。

ならば、サラを先に落ち着かせてあげた方が良い。

「……………わぁぅ……すぅ」「こぅ？」

ダーウは依然として寝ているが、コルコは起きて、こちらを見ている。

「だいじょうぶ。サラちゃんはびっくりしちゃっただけ」

それにしても、あれほどの音と光でも起きないダーウが凄い。

あたしはサラを寝台に寝かせて、自分も横になる。

「……だいじょうぶだよ。サラちゃん、こわくないよ。いいこいいこ」

しばらく撫でていると、固まっていたサラが落ち着いてきた。

「ルリアちゃん。ごめんね。びっくりしちゃった」

まだサラは少し震えている。

「でかいおとだったからなー」

「ロアがひかった？」

「んー。ひかったのは、かみなりだよ」

雷が落ちた瞬間、あたしは外を見ていなかった。

だが、もし見ていたら窓の外が光ったとき、窓辺にいるロアが光ったと思ったかもしれない。

「そっかー。かみなりこわいねぇ」

次の瞬間、再び部屋の中が明るくなり、少しして轟音が響いた。

先ほどより光と音の間隔が近づいている気がする。

「ひぅ」

「サラちゃんは、あんしんしてねるといい」

あたしは布団をかぶると、サラをぎゅっと抱きしめた。

キャロとコルコはサラに寄り添ってくれる。

「これで、おともきこえなくなる」

「………うん。ありがと。えへへ」

「サラちゃんがねるまで、ルリアがだっこしててやるからな？」

『おとでっかい』『びっくりしたー』『ぎゅっとしてー』

先ほどまでいなかった精霊たちがやってきてくれたおかげで布団の中が明るくなる。

「サラちゃん。精霊たちもいるから、あかるくてあんしんだな？」

「……うん。精霊かわいい」

『さらー』『あったかい』『だっこしてー』

「ロアもこっちおいで」

「…………」

だが、ロアは窓辺から動かなかった。

三分ぐらいサラを抱きしめていると、サラと精霊たちはやっと眠りについた。

「ふう。かみなりはこわいなぁ」

あたしは寝台から出て窓辺に移動して、ロアを抱っこする。

「ロアこわい？」

「やぁ」

ロアはぷるぷる震えていた。小さく鳴いて、あたしの胸に顔を押しつける。

「やっぱり、こわかったか。ごめんね？」

「りゃ」

サラを寝かしつける前にロアを抱っこしてあげるべきだったかもしれない。

あたしはロアを優しく撫でる。

「ヤギたちだいじょうぶかな」

「…………」

ロアはもう眠っていた。あたしに抱っこされて、安心したのかもしれない。

寝台に戻りながら、窓の外を見る。

豪雨は相変わらずだが、雷は収まったようだ。

「……あぅ」

寝台ではダーウがずっと眠っていた。

「ダーウがねているってことは、あんぜんってことかもなぁ」

ダーウは頼りなく見えて頼りになる。本当に危ないことになったらすぐに起きてくれるだろう。

「……クロもいないな？」

もしかしたら、クロはヤギたちのところにいるのかもしれなかった。

そんなことを考えているうちに、いつの間にかあたしも眠ってしまった。

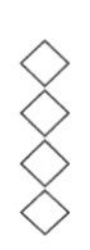

ロアには前世の記憶がない。
だが、自分に大切な人がいることはわかっていた。
その大切な人に会いたくて会いたくて、走った。
だが、竜とはいえ所詮は赤ちゃん。移動速度は遅く捕まえられてしまった。
自分を捕まえた奴らが何者なのか、ロアにはわからなかった。
なんでこんな酷い目に遭うのかもわからなかった。
（いたい、くるしい。さみしい、こわい）
ロアが辛くて悲しくて泣いているとき、自分に似た存在を感じた。
どうやら、自分とその存在は呪術的に繋がっているらしく、感情が流れ込んでくる。
自分に似たその存在は、とても苦しんでいるらしかった。

ルリアに助けられた後、ロアはその存在の気配を湖の方に感じていた。
どうか、その存在も、自分と同じように救われますように。
だから、その存在が懸命に雷を落としたとき、ロアはその手助けをした。

◇◇◇◇

雷が落ちてサラが固まってから、しばらく後。

明け方近くになり、その存在は地上に姿を現した。

出現したのは、巨石を取り除いた後、ルリアが呪術回路を破壊した、まさにその場所だ。

ルリアが呪術回路を破壊した際、封じられていた空間に発生した亀裂。

その亀裂の中心が、その場所だった。

その存在は、空間の亀裂から外に干渉して雷を落とし、ついに結界を破壊した。

雷を落としたとき、自分に似た小さな存在が助けてくれた。

おかげで外に出ることができたのだ。

「ぶぼぼえめおめおお」

地上に出たその存在は大きく息を吸う。

全身は傷だらけでとても痛いが、地上に出られたことが嬉しかった。

激しい雨が体に当たるのが心地よい。冷たいが寒くない。

（……ひとのけはい）

その存在はたくさんの人の気配に吸い寄せられるように動き出した。

長い間、呪いに蝕まれ、腐りかけている全身を引きずるように移動していく。

大昔、この辺りで強大な呪者が討伐された。

呪者は死に際、周囲に呪いをかけた。

大地を朽ちさせ、水を腐らせるその呪いは、徐々に広がりつつあった。

人族のため、ほかの生物のため。

その偉大なる存在は、呪いを我が身に取り込み、自分ごと封じられることで、世界を救った。

(ぼくがんばったよ！)

何百年か何千年か。わからなくなるほどの昔から、大好きな人族のために頑張ったのだ。

きっと人族は褒めてくれるに違いない。

その温かい手で、頭を撫でてくれるかもしれないし、ぎゅっと抱きしめてくれるかもしれない。

それだけで、長年の苦しみは報われる。そんな気がした。

当時の人たちは、死んじゃっているかもしれないけど、その子孫はきっといる。

その存在は、人の気配のする方に向かって、ずるずると移動していく。

悪臭を漂わせ、ヘドロのように腐った肉をこぼしながら、村へと向かう。

「ぶべねめぇねぼえべ(あ、にんげんだ！)」

村を見つけ、大喜びでその存在は駆け寄っていく。

人間というのは温かい。そして優しい。

その存在も人間たちのことを可愛がったし、人間たちも愛してくれたものだ。

這い寄るその存在に気づいたのは、夜明け前から作業をしていた働き者の村人だった。
ルリアのおかげで水路が開通し、精霊の雨が降った。

農作業の遅れを取り戻すために、寝る間を惜しんで働いていたのだ。

「ぶぼえめぇぇねべねぇあ」

「ひっひぃいいいいい、ば、化け物！」

おぞましい声をあげながら、這い寄ってくるその存在を見て、村人は怯え逃げ出した。

長い間、濃厚な呪いに浸されていたその存在は、地上に出てもまだ濃い呪いを纏っていたのだ。

その姿は、まるで蠢くヘドロだった。

腐った肉と汚物の臭いをまき散らし、ヘドロのような皮膚をボタボタ落としている。

村人が、その存在をおぞましい化け物だと認識したのは仕方のないことだった。

「ぶべげねべえんべ（どうしてにげるの？）」

本来、その存在の知性は高い。

だが、苦痛と呪詛にまみれた悠久の時が、その存在を幼い存在へと退行させていた。

自身の状態に気づかず、人の言葉を話せていないことにも気づいていなかった。

「ぼべねぇんべげげええ（まってまって）」

無邪気に人を追いかけたその存在は、

「精霊よ。我が請願に応え清浄なる炎を以て敵を滅し給え！　我が名はピエール・ゴルディス！」

村に滞在していた大公家の従者が放った火炎魔法に包まれた。

「ぎゅえぐえええぐええっぐぐえええ（あついあつい！）」

その存在は突然の攻撃に、混乱しながら逃げ出した。

なぜ、虐められるのかわからなかった。

悲しくて辛くて、ヘドロのような汚くて臭い涙をこぼしながら逃げた。

朝、あたしが目を覚ますと、まだ雨が降っていた。雲が分厚く薄暗い。

夜明けすぐの、みんながまだ寝ている早朝になぜか目が覚めてしまった。

そんな早朝だというのに、コルコは部屋の中を巡回し、キャロはヘッドボードに直立している。

そして、ダーウはお腹を見せて寝ているし、サラとロアはすやすやと眠っていた。

あたしは、サラの頭を撫でる。

昨夜、サラが怖がっていた雷は、今は止んでいる。

「キャロもねたほうがいい」

これも、いつものようにキャロを摑んで布団の中に入れる。

「きゅ？」

「ルリアもまだねむい。キャロもねたらいい。コルコもこっちおいで」

コルコは無言で、サラの枕元にやってきて座った。

あたしとサラの間に眠るロアと一緒にキャロも抱っこして、二度寝するために目をつぶった。

――ドゴゴゴォォォ

「ぉおっ　びっくりしたぁ」「わわぅ！」

寝ていたあたしは大きな音で飛び起きた。流石のダーウも飛び起きた。

「…………」

起きてそのまま固まったサラを抱きしめる。

「だいじょうぶだよ。かみなりじゃないよ」

優しくサラの頭を撫でながら、窓の外を見る。

空は相変わらず分厚い雲に覆われており、雨は激しく降っている。

――ドォオォン！　ドォォオォアン！　ドアアァン！　ドォォオン！

何度も何度も、轟音が響く。これは魔法による炸裂音。

何かが起こったのは間違いない。

「キャロ、コルコ、サラをたのむ」

「きゅ」「こっこぅ」

キャロとコルコにサラを託すと、あたしは寝台を出て窓に駆け寄った。

ロアはあたしにぎゅっと抱きついているし、ダーウもあたしと一緒に窓に駆け寄った。

「なにが、おこった？」

窓を開けて外を見ると、従者たちがヘドロの塊のような生き物に魔法をぶつけている。

「ぶぼべめげげめめけげげねねねぇ」

その生き物が大きな声で鳴いた。いやそれは泣き声だ。

幼い子供が、どうしていいかわからなくてあげる泣き声だった。

「りゃあぁぁぁぁ……」

謎の生き物の泣き声を聞いてロアも悲しそうに鳴く。

「なんと、おぞましい声だ！」「命にかえても奥方様たちのいる屋敷に近づけるな！」

「希う！　精霊よ、我に力を貸したまえ！　我が名は――」

従者たちは交互に呪文を詠唱し、その生き物を攻撃している。

「ぶえぇぇぇぇべぇぇぇ！」

その生き物を見て、あたしはダーウに似ていると思った。

幼くて、素直で、遊ぶのが大好きな可愛い子だ。

「ダーウ！　はしって！」

あたしがロアと一緒に背に飛び乗ると、ダーウは「ばうっ！」と吠えて、窓から飛び出した。

二階の窓から地面まで、ふわりとした浮遊感に包まれる、着地の衝撃はほとんどなかった。

そのまま、ダーウは巨大なその生き物に向かって駆けていく。

「命を懸けてでも、止めろ！」

従者長の指揮の下、苛烈な魔法攻撃がその生き物にぶつけられる。

「ずもぼぼぼぼお！」

その子は「どうして虐めるの？」と泣いていた。

全身が傷だらけだ。痛みのあまり、我を失い、助けを求めて泣いている。

「ダーウ、急いで！　こうげきやめて――」

従者たちに向かって叫ぶが、攻撃は止まらない。

「お嬢様！　危険です！」

従者の声は無視し、ダーウに乗ってあたしは一気に近づいていく。

「とまれえええええぇぇ！」

あたしは、大声を出しながら、クロの言うところの「癒しの風」をその子にぶつけた。

「むぶぼおぉぉぉぉぉ…………」

体表のヘドロのようなものが吹き飛んでいき、中から青い生き物が現われる。

その生き物は、四つの羽と四肢を持つ竜だった。

体長二十メトルぐらいある巨大な竜だ。

「みんな、こうげきはしなくていい！」

「ですが、お嬢様！」

「ひつようない！」

あたしは従者に攻撃をやめるように指示をして、青い竜の前へと移動する。

「そなた、だいじょうぶ？」

「…………」

青い竜は返事をしない。

「けがは……なおったな？　あ、あたまか？　あたまだいじょうぶか？」

怪我がないように見えても、頭はデリケートなのだ。念入りに調べなければならない。

あたしが、ダーウの背で立ち上がり、青い竜に手を伸ばして、診察しようとすると、

「……だいじょうぶなのである」

心外だと言いたげな口調で、その青い竜は返事をしてくれた。

大人しい犬や猫であっても大けがをしたら、怯えて混乱し、パニックになり暴れることがある。

この青い竜も全身が傷だらけで、苦しくて痛くて、我を失っていた。

だから、冷静になれるよう、その傷を癒したのだ。

「だいじょうぶか。ならよかった」

あたしはダーウの背から降りて、竜の大きな頭をぎゅっと抱きしめた。

「つらかったな？　がんばったなぁ。いいこいいこ」

「…………ふ、ふぇぇぇぇぇ」

あたしが頭を撫でると、青い竜は声をあげて泣いた。

青い竜がまだ幼い竜だったはるか昔のこと。凶悪な呪者が暴れ回った。
その呪者は、聖女と力を合わせた青い竜の父が命を懸けて討伐したが呪いは残った。
その呪いは、徐々に周囲を侵食していく。

呪者が死して更に強まったその呪いは、当代の聖女の力をもってしても浄化は難しかった。

人族をはじめとした生物、そして大陸を救うため、幼い青い竜は自らを犠牲にすることにした。

「われは立派な竜ゆえ大丈夫なのである！」

張り切ってそう言った幼い竜を当時の聖女は抱きしめた。

聖女はその幼い竜の父の仲間だった。

そして、父が呪者と相打ちになった後は、まるで母のように慈しんでいた。

「ごめんなさい。あなたにこんな役目を押しつけてしまって」

「謝らないでほしいのである。我は立派な竜ゆえ、へっちゃらなのであるからして！」

聖女が何度も何度も繰り返し教えてくれたから、苦しくて辛い目に遭うことは知っている。

でも、そうしないと人間たちが大変な目に遭うのだから仕方がない。

尊敬する大好きな父は、命を懸けて人類を救ったのだ。

その後継者たる自分も、父に恥じない立派な竜として振る舞わなければならないのだ。

それに、聖女のことも、人間たちのことも大好きだ。

自分が犠牲になることでみんなを救えるなら、これほど幸せなことはない。

「みんな、元気でな？　あとは我に任せるのである！」

「きっと、きっといつか…………」

あなたを救う人が現われるから。あなたを抱きしめて慰めてくれる人が現われるから。

聖女はそう言おうとして、あまりにも無責任だと思い直し言えなかった。

そんな未来が訪れると、聖女には断言することができなかったのだ。

聖女は涙をこらえ、必死に笑顔を作り、最後に幼い竜を抱きしめた。

「えへへ」

幼い竜は尻尾を揺らし、聖女の頰にキスをした。

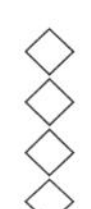

幼い竜が笑顔のまま呪いを抱えて自分ごと封じられた後、聖女はひざから崩れ落ち号泣した。

「ごめんなさい。ごめんなさい。幼いあなたに……全てを」

何度も説明した。包み隠さずにどれだけ辛い目に遭うのか何度も語った。

だが、まだ幼い竜が、数百年、数千年の苦しみを、真の意味で理解できたはずがない。

それは聖女も理解していた。だが、人を救うためにはそれしかなかった。

人族のために、自分を母と慕う幼い竜を利用したのだ。聖女自身はそう考えて自分を責めた。

「赦されないことをしました。でも……いつか」

未来の誰か。どうか幼き竜を救ってあげて。

自分にはできなかったけど、どうか誇り高き竜を幸せにしてくれる誰かが現われますように。

頑張ったねと言って、抱きしめてくれる存在が現われますように。

聖女は精霊と神に祈りを捧げた。

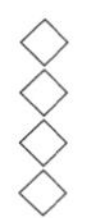

青い竜は、その巨大な体を震わせて泣いている。

あたしは竜の大きな頭をぎゅっと抱きしめつづける。

「だいじょうぶだよ？」「りゃあぁ」

ロアは青い竜の鼻先に抱きついた。

青い竜はボロボロと涙をこぼしながら、ずっと泣いていた。

泣いている青い竜を抱きしめていると、サラが走ってきた。

サラの後ろにはキャロとコルコがいて、その更に後ろにクロがいた。

サラは不安そうだが、キャロとコルコは落ち着いている。危険がないとわかっているのだろう。

「ルリアちゃん、だいじょうぶ？」「きゅう」「こっこ」

サラは臆病な性格だというのに、あたしが心配でやってきてくれたのだ。

「ありがと、サラちゃん。でも、だいじょうぶ。サラちゃんもぎゅっとしてあげて」

あたしは青い竜を抱きしめながら、サラに微笑んだ。

サラも青い竜が怖くないとわかったようで、ぎゅっと抱きつく。

サラに抱きついてもらって、青い竜は益々激しく泣いた。

悲しいのでも痛いのでもなく嬉しいのだ。

泣いている青い竜を抱きしめるあたしとサラを、従者たちは呆然と見つめている。

「………聖女」

従者の一人がぼそっと呟いたのが聞こえたが、聞こえなかったことにする。

「穢れに満ちた荒ぶる竜を浄化し、鎮めて慰めるなど……まさに聖女の御業」

「それ以上、何も言うでない」

若い従者の呟きを、従者長が咎めてくれた。よかった。

聖女だと噂されることは避けたいからだ。

「ルリア！」

そのとき、あたしとサラは後ろから母に抱き寄せられた。

「おお？　かあさま」

「なんで危ないことするの！」

母は涙を流していた。

裸足だし、髪も乱れているし、服も寝間着のままだ。

「ごめん。でも……この子が怪我していたから」

「手負いの獣は特に危ないの！」

「ごめん……でも、この子はわるい子じゃないし」

「それでも！　危ないでしょ！　いい子でも！　手負いなら暴れることだってあるの！」

「ごめん」

謝るしかない。

あたしを抱きしめて泣く母を見ていると、申し訳ない気持ちになってくる。

「わふ……」「りゃあ……」

ダーウが、母の近くで仰向けに横たわって、お腹を見せて申し訳なさそうにしている。

あたしのお腹にしがみついていたロアは、あたしと母に挟まれながら、神妙な顔で鳴く。

母に抱きしめられているあたしとサラを青い竜は大人しくじっと見つめていた。

そして、大きく息を吸うとゆっくりと吐いた。

「……心配をかけたのである。ごめんなさいなのである」

そして、両手で涙をゴシゴシとこすり、再び深呼吸をした。

「我は水竜公（すいりゅうこう）と呼ばれし竜。この辺りを治めていた古の竜なのである」

先ほどまでの幼い雰囲気が消え、威厳のある口調になった。

きっと本来の口調はこちらなのだろう。先ほどまでは辛くて、幼児退行していただけに違いない。

「そっか。すいりゅうこうというのかー」

すると、水竜公はあたしを見た。これはあたしが名乗るのを待っているに違いない。

「ルリアだ！　この子たちはサラとロア。ダーウとキャロとコルコ。そして従者のひとたち」

「よろしくなの」「りゃっりゃ」「ばう」「きゅ」「こ」

そして、従者たちは、無言で頭を下げた。

「この地の領主ヴァロア大公の妻、そしてルリアの母アマーリアと申します」

母は「御尊顔の栄に浴し、恐悦至極に存じます」と典雅に礼をしてみせた。

裸足のうえ寝間着で、かつ顔にも服にも泥がついているが、母は高貴だった。

人語を話す古の竜には、たとえ王であっても礼を尽くさねばならないのだ。

あたしが「かあさまはかっこいいなぁ」と思いながら眺めていると、水竜公は深く頷いた。

それから、水竜公はゆっくりとあたしの前で下あごを地面につける。

「我はルリア様に、命の限り仕えることを誓うのである！」

「え？　なんで？　いいよ、そんなの」

「そ、そんな」

水竜公は泣きそうな表情を浮かべている。可哀そうになってくる。

威厳の欠片もなくなった。もしかしたら、幼児っぽいのが水竜公本来の口調なのかもしれない。

「ルリアはたいしたことしてないし？　つかえなくていいよ？」

「偉大なルリア様には大したことないかもしれないけど、我には重大なことなのである！」

「すいりゅうこうは、おおげさだなぁ」

「大いなる力を持つ偉大なる精れ――」

『待つのだ！　水竜公。それ以上言葉にしてはならぬのだ！』

コルコの背中で大人しくしていたクロが、慌てた様子で水竜公の前に飛び出した。

『む？　そなたは？』

水竜公は、あたし以外の人間には聞こえない精霊の言葉で話し始めた。

『ぼくは当代の精霊王クロなのだ。ルリア様が半分精霊なのは人族には内緒なのだ！』

『ふむ？　前世が聖女であることも内緒なのであるか？』

なぜか水竜公は、あたしのことがわかるらしい。流石は古の竜だ。

『そう全て内緒なのだ。ルリア様は精霊が見えることも、精霊と話せることも隠していて……』

あたしが目立ちたくない事情をクロが懸命に説明してくれる。

『もしかして我が立派だから、我が仕えると、ルリア様も目立つから困るのであるか？』

母やサラ、侍従たちには水竜公の言葉は聞こえていない。

だから、あたしも無言で頷いた。

『そっかー。我は立派であるかー……へへへ』

水竜公は少し嬉しそうだ。

本当は目立つのが嫌というより、仕えてもらう必要がないと思ったから断った。

だが、喜んでもらえたなら、その方が良い。


「目立たないようにするから！　だから、我が仕えることを認めてほしいのである！」

「えー、こまる」

「水竜公。光栄なお申し出でありますが、お断りさせていただきます」

母がきっぱりと告げると、

「そなたには関係ないのである！　アマーリアは黙るのである！」

水竜公は急に偉そうになって怒声をあげた。

声と同時に薄い魔力が放たれ、空気がびりびりと震える。

戦闘のプロである従者たちが、一歩下がったほどだ。

なぜかわからないが、あたしには水竜公が泣きそうで必死に見えた。

「関係ないわけがありませんし、黙るわけがありません！」

母に言い返されると思わなかったのだろう。水竜公はびくりとして目を見開いた。

「ルリアはまだ五歳。母である私の庇護下にあります。仕えるというならば私を通しなさい！」

「…………あい」

母の圧に押されたのか、水竜公は意外にも素直に頷いた。

偉そうだったのに、また幼児っぽくなっている。

「そもそも！　先ほど我を忘れて暴れていたこと、忘れたのではないでしょうね！」

「ご、ごめんなさい」

水竜公は、下あごを地面につけたまま、その大きな体を小さくしている。

尻尾が力なくぺたりと垂れ下がっているし、表情も泣きそうだ。

「……はっはっ、きゅーん」

叱られる水竜公を、ダーウは同情のまなざしで見守っていた。

「――わかりましたか？」

「……わかったの。まことにごめんなさいなのである」

ひとしきり説教された後、水竜公は謝罪した。

母に叱られて、しょんぼりしている水竜公を見て少し可哀そうになった。

「すいりゅうこう。ルリアとともだちになる？」

「え？　いいの？」

水竜公の顔が輝いた。嬉しそうに尻尾が揺れる。

「うむ。いいよ！」

「うれしい！　やった、やったぁ……ふぐ、……ふえええ」

満面の笑みを浮かべたまま、水竜公は涙をボロボロこぼした。

きっと水竜公は、一人で孤独で、痛くて苦しくて、すごく辛かったのだ。

「がんばったなぁ。いいこいいこ」

あたしは水竜公をぎゅっと抱きしめて、優しく撫でた。

あたしと友達になった水竜公は、嬉しそうに巨大な頭を押し付けて来る。

その頭をサラと一緒に撫でながら尋ねた。

「すいりゅうこうは、なんでドロドロだったの？」

「話せば長くなるのだけど……聞いてくれる？」

「いいよ。おしえて」

水竜公はゆっくりと語り始めた。

「あれは、五百年前、いや千年前、もしかしたら二千年前だったかも」

「ほうほう？　ずいぶんむかしだなぁ」

そして水竜公は事情を説明してくれた。

「だから、我は呪いをその身に取り込み、湖底に呪いごと聖女に封じてもらったの」

父を継いで水竜公になったばかりのこの子が犠牲になったのだという。

聖女の封印のおかげで、この地は精霊の力あふれる土地となった。

その一方、呪いは水竜公を蝕み続けた。

「……想像していたより本当に辛かった。痛くて苦しくて……」

数十年、百数十年なら、自分の支配するこの地に生きる者のためだと我慢できた。

だが、それは終わらない。二百年、三百年、……気が遠くなるほどの年月が経った。

幼かった水竜公も、長い年月をかけて成長した。

それでも、辛さも苦しさも痛さも変わらない。

「どうして我がこんな目に遭わなければならないんだって、思い始めて……」

「つらかったなぁ」「いいこいいこ」「わぅ」

あたしとサラが撫でて、ダーウがペロペロ舐めると、水竜公はぽろぽろと涙を流した。

「えっ、えぐ……えぐ。ありがと」

こうしていると、水竜公はまるで幼児みたいだ。

幼い頃に封じられ、一人で過ごしていたからかもしれない。

「だけど、突然封印にほころびができて……そのあと呪いも消えたのである」

『あ～どっちもルリア様の仕業なのだ』

母がいる前でクロに返事をするわけにはいかないので、あたしは無言でクロを見た。

『ほら、水路から岩をどけたあと、ルリア様は結界を壊したのだ』

クロは丁寧に説明してくれる。

『昔の聖女の結界を利用、いや悪用するかたちで精霊除けの結界を張った奴がいたのだ』

精霊除けの結界が壊れたとき、聖女の結界にもひびが入ったのだという。

『そして水竜公の呪いが消えたのは……ロア様の呪いを解いたときなのだ』

悪い奴が水竜公の呪詛を、ロアを呪者化するのに利用していた。

ロアの呪いを解いたとき、呪術的につながっている水竜公の呪いもついでに解けたのだという。

『ほら、守護獣たるロア様を呪者にするには、普通には無理で特別な力が必要なのだ』

その特別な力が、古に封じられた水竜公の呪詛だった。

気高き善なる存在である水竜公が、苦しみのあまり吐いた世界への呪詛。

それは極めて強力な呪いとなった。

『我の呪詛がロアの呪者化に使われたのは間違いないと思うのである。まことにごめんなさい』

水竜公は再び頭を下げた後、

『我の呪詛を利用されるところだったのである。我自身、呪者化するところだった』

そうなったら、父の偉大な功績や、自分の長年耐えた結果が台無しになる。

水竜公にとって、それは死よりも嫌なことだっただろう。

「ルリア様、どれだけ感謝の言葉を重ねても、我の感謝を伝えられないのである」

水竜公は人の言葉でお礼を言うと改めて頭を下げる。

「いいよ。すいりゅうこうが、ぶじでよかったよ」

「サラ、そしてみんな。昨夜、雷を落として、びっくりさせてすまなかったのである」

水竜公は、深々とサラと母、そして皆に向かって頭を下げた。

「壊れかけているとはいえ古の聖女の結界、雷を何度も落として壊すしかなかったのである」

「そっかー。たいへんだったなぁ」「がんばったね。いいこいいこ」「わぁうわぁう」

「うん……えっえぐ……ふぐ……」

また、水竜公は涙を流していた。

やはり、先ほど、母に向かって怒鳴ったのは、それだけ追い詰められていたからだろう。

孤独が怖いあまり、あたしとの繋がりにすがったのだ。

だから、その繋がりを否定されそうになって、母に強い言葉を使ってしまったのだろう。

「ながいあいだ、がんばったなぁ。よしよし」「りゃあ～」

あたしがもし同じ立場でも、きっと泣いてしまうに違いない。

あたしは水竜公を優しくぎゅっとした。ロアも一緒にぎゅっとしていた。

水竜公はダーウにもぺろぺろ舐められて、慰められていた。

しばらく経って、元気になった水竜公にあたしは言う。

「すいりゅうこう、おなかすいたな？　いっしょにあさごはんをたべる？」

「へっへへ。ありがとと。うれしい。でも我は大きいから遠慮するのである」

「そっかー」

「それに我がばらまいた穢れを浄化しないといけないのであるからして」

「どういうこと？」

「えっとね。……昨夜なんだけど――」

　水竜公が言うには、どうやら封印から出た後、周囲を歩き回ったらしい。

　その際、腐った皮膚をボタボタ落としてしまったという。

「そっかー。たいへんだ。ルリアもてつだうよ」

「大丈夫。むずかしくないし。ありがと、ルリア様」

　そう言って、水竜公は「えへへ」と笑った。

「……ルリア様。いい子にするから、また、すぐに遊びに来てもよい？」

「いいよ。あ、でも、ルリアたちがここにいるのは明日までだ！」

　たちまち、水竜公の尻尾はしょんぼりした様子で垂れ下がる。

「もともと、ルリアたちは、王都のほうにすんでいたからなー」

「…………そっちに遊びに行ってもよい？」

「よいよ？　ともだちだからな！」

　あたしがそう言うと、母が困ったような表情で言う。

「水竜公。親としてルリアを目立たせたくはないのです」

「ふむ？」

「水竜公はお体がとても立派なので、王都の屋敷にいらっしゃったら、騒ぎになります」

「……なるほどー？」

「騒ぎにならない方法を考えますので、王都屋敷を訪れるのは、しばしお待ちくださいますか？」

「わかったのである！　アマーリアは頼りになるのであるな」

水竜公の尻尾が、嬉しそうにぶんぶんと振られる。

大きな尻尾が地面にバシンバシンと当たって、大きめの音が鳴った。

「サラもすいりゅうこうのともだちだよ」「わふわふ」「りゃ～」「きゅ」「こ」

「ありがとうである。サラ、ダーウ、ロア、キャロ、コルコ」

水竜公はお礼を言った後恥ずかしそうに、

「またぎゅっとしてくれる？」と言った。

「うん。してあげるよ」

あたしとサラはまた水竜公をぎゅっと抱きしめた。

それから、水竜公は何度も振り返りながら歩いて行った。

「お待ちを、水竜公様」

そんな水竜公を従者が追いかけていく。

「どした？　ルリア様の従者の者たち」

「そのお姿を見て怯える者もおりましょう、説明するために我らが同行いたしましょう」

『あ、クロもはなしがあるのだ！』

そんな水竜公に、クロも同行するらしい。

クロなら、きっと細かくあたしの事情などを話してくれるに違いない。


水竜公が去った後、あたしたちは朝ご飯を食べた。

「うまいうまい！」

体を動かしたおかげで、とても空腹だった。だからとてもおいしかった。

「おいしいね！　ルリアちゃん」「わぁぅわぁぅ」

サラとダーウもおいしそうにバクバクご飯を食べていた。

キャロとコルコは静かに、それでいて勢いよく食べている。

「はい、ロアもたべてな？」

「りゃむりゃむ」

ロアにも食べさせながら、あたしはご飯を食べた。

朝ご飯を食べ終わった後、みんなで書斎に行こうとしていると玄関が騒がしくなった。

「む？　らいきゃくかな？　だれだろ。りょうみんとか？」

そんなことを考えていると、従者たちの制止する声と
「ルリアー。来たのであるー。友達であるからなー」

という水竜公の声が聞こえた。

「お、さっそくきたのかー」

さすが水竜公だ。もう穢れを祓う作業を終えたらしい。

あたしはロアを抱っこして、サラ、ダーウたちと一緒に玄関へと走る。

「あ、ルリア、来ちゃったのである」

玄関には、従者に止められている青い目と青い髪の少女がいた。

耳が尖っていて、角と太い尻尾が生えている以外はただの人間と同じに見える。

「おお、すごいなぁ。すいりゅうこうはにんげんになれたの？」

「うん！　教えてもらったのである。これでいつでも遊びにこられるのである！」

そう言って、水竜公は近くに浮いているクロを見た。

どうやらクロは人に変化する方法を知っていたらしい。さすがは精霊王だ。

「みんなだいじょうぶ。その子はすいりゅうこうだからな？」

「本当でございますか？」

「うん。ひとっぽくてもドラゴンだから、赤痘にならないし、だいじょうぶ」

あたしがそう言うと、従者は水竜公の制止をやめた。

すると水竜公は走ってきて、あたしに抱きついた。

「ルリア、サラ。あそぼ？」

「そだなー。なにしてあそぼっか。サラちゃんなにがいいかな？」

「ええっと…………っ！」

　そのとき、突然、サラが勢いよく駆けだした。

「サラちゃん？」「むむ？」

　あたしもロアを抱っこしたまま、サラを追う。あたしのあとを水竜公とダーウが追ってくる。

　相変わらずサラは足が速かった。

「わはははは」「わふわふ～」

　遊びが始まったと思っている水竜公とダーウの尻尾が激しく揺れている。

　サラは玄関から外へと走っていく。ちょうど到着した馬車に向かって駆けていく。

　馬車が止まるとすぐに扉が開き、

「ママァ！」

「サラ！」

　マリオンが降りて来る。

　サラは勢いよくマリオンの胸に飛び込んだ。

「ママ、ママ！」

「私の可愛いサラ！」

　あたしもマリオンに抱き着きたかったが、サラが優先だ。

　玄関から飛び出しかけたところで、中に戻り、扉の陰から二人の様子を眺めた。

「すいりゅうこう、ダーウまって」

「むむ？」「ぁぅ？」

玄関から飛び出そうとする水竜公とダーウを止める。

「いまはサラのためのじかんだからな？」

マリオンとサラは泣いていた。でも、二人ともすごく嬉しそうだった。

「サラのママは病気で、ずっとあえなかったの」

「そっかー」「……」

抱き合うサラとマリオンを、水竜公はじっと見つめる。

「……ぎゅっとして？」

泣きそうな顔で水竜公が呟いた。

「ん？　いいよ」

あたしは水竜公をぎゅっと抱きしめた。

きっと、水竜公も母のことを思い出しているのだろう。

後ろから母がやってきた。

「かあさま。サラちゃん、よかったなぁ」

「そうね。本当によかったわ」

あたしに抱きしめられた水竜公は、サラとマリオンをじっと見つめて泣いていた。

母は後ろから見ていたのか、水竜公を見ても何も言わなかった。

しばらくそうしていると、馬車からもう一人、若い女性が降りて、こちらにやってきた。

「……あなたは、マリオンの主治医ね？」

「はい。はじめてお目にかかります。私は――」

女性は赤痘の専門治癒術師だと自己紹介した後、マリオンの経過の説明をしてくれた。

あたしたちが屋敷を訪れた日の夜にはもう症状は消えていたという。

（のろいだものなー）

病気ではなく呪いなので、そういうこともあるだろう。

本物の赤痘の場合でも、症状が消えたときには、もうほぼうつらないらしい。

そして、二日か三日、症状が再び現われなかったら完治と診断されるようだ。

感染初期は、症状が出なくともうつるのに、不思議な病気もあるものだ。

「三日、ぶり返すことがなかったので、完治と判断しました」

「マリオンをありがとうございます」「ありがと」「よかったなぁ」

「もったいなきお言葉。私は私のすべき仕事をしただけにございます」

深々と頭を下げたあと、治癒術師は言う。

「奥方様とお嬢様、そして皆さまの診察をさせていただいてもよろしいでしょうか？」

「もちろん。こちらにいらして」

母はマリオンに声をかけずに、治癒術師を連れて、屋敷の中へと入っていく。

母が声をかけたら、いや、玄関から出て姿を見せたら、マリオンは母にお礼を言うだろう。

そうなれば、サラとの再会を邪魔することになる。

だからあたしも、声をかけないし、玄関から外にも出ない。

「やっと抱きしめることができた。サラ、サラ。私の宝物」

「ママ、だいすき」

サラの尻尾が勢いよく揺れている。

(サラ、マリオン、よかったなぁ)

本当に良かった。二人を眺めていると温かい気持ちになる。

「……かあさまのとこ、いこ。すいりゅうこうもいこ」

「いく」

あたしは水竜公の手を引いて、母のもとに走った。

母の部屋に入ると、母の診察は終わり、侍女が診察を受けているところだった。

「奥方様に感染の兆候がなくてよかったです。本当にほっとしました」

診察を受けながら、侍女は自分のことのように喜んでいる。

「ルリアも診ていただきなさい」

「うん」

なんとなく、あたしは母にぎゅっと抱きついた。

「あらあら、どうしたのかしら？　寂しくなっちゃったの？」

「なんとなく」

「今日は甘えん坊ね」

そう言って、母はあたしのことをぎゅっと抱きしめてくれた。

母は温かくて、柔らかかった。

書き下ろし短編　ルリアとアマーリア

マリオンが湖畔の別邸についた日の昼過ぎのこと。

「ルリア、こちらにいらっしゃい」

「む？　どした？　かあさま」

サラと遊んでいたあたしは母に呼ばれた。

きっとサラたちと一緒に食べなさいとお菓子をくれるに違いない。

そんなことを考えながらついていく。

「わふ～わふわふ」

ダーウも嬉しそうについてくる。あたしと同じようなことを考えているらしい。

だが、母が向かったのは食堂ではなく、浴場だった。

「かあさま？　ここにはおやつはないよ？」「わふ～？」

「おやつ？　何を言っているのかしら。ルリアにはお風呂掃除をしてもらいます」

「おふろそうじ！」

「侍女は一人しかいません。だから家事を手伝う必要があります」

「そっかー」

「勝手にキッチンに忍び込んだ罰も兼ねているのよ。だからサラはいないの」

「ならしかたないなー」

きっと罰だけが理由なわけではない。

マリオンと二人でゆっくりと過ごさせてあげようと母は考えているに違いなかった。

「わふ～？」

一方、ダーウは「で、おやつは？」と言いながら、母の手をベロベロ舐めていた。


あたしはデッキブラシを手に取って、洗い場の床をごしごしとこする。

湯船の方では母が同じようにごしごしと洗っている。

「かあさまは、いそがしいんじゃないの？」

母はいつもたくさんの書類を処理しているのだ。

「今日は大丈夫よ」

「そっかー。えへへ。あ、かあさま！　髪の毛がたまってる！」

あたしたちの髪の毛に交じって、ダーウの毛がたくさんたまっていた。

ダーウはモフモフなので、抜け毛もすごいのだ。

「それはゴミ袋の方に入れておいて」

「わかった！」

排水口にたまっていた毛を棒で摑みあげると、

「わふ〜〜わふっ！」

「なぜ、いかく？」

ダーウが姿勢を低くして、毛の塊に威嚇し始めた。

きっと遊んでもらえなくて暇なのだろう。

「ダーウは、サラたちのところであそんできていいよ？」

サラは書斎でマリオンとゆっくり過ごしているはずだ。

そこにはロアと水竜公、キャロとコルコ、それにクロや精霊たちもいる。

あたしと一緒にいるより楽しいはずだ。

「わふ！」

「え、ダーウ、てつだってくれるの？」

「わぁぅわう！」

ダーウは嬉しそうに洗い場の床に背中をごしごしとこすりつける。

背中を使って、床を磨いてくれているつもりなのだろう。

「気持ちはうれしいけど、ダーウがよごれちゃうよ？」

「わふ？」

ダーウの背中が洗剤まみれでびしょびしょだ。

「ルリア。ダーウを洗ってあげなさい。体に害はないけど、洗剤でべたべただとかわいそうでしょう」

「わかった！　ダーウこっちきて」

「わふ～～」

あたしはダーウの背中の洗剤をお湯で洗い流していく。

ダーウは嬉しそうに尻尾を振っていた。

ダーウを洗った後、タオルできちんと拭き終わると、

「ダーウ、食堂に行って赤いバスケットを取ってきてくれるかしら」

母がダーウに指示を出してくれた。

「わふ！」

ダーウは任せろと言って、尻尾をぶんぶんと勢いよく振って、走り出す。

「ダーウ、はりきっているなぁ」

「ダーウは役に立つことがうれしいのよ。忠犬ね」

「そだなー」

「そろそろ掃除は大丈夫ね。ダーウが戻ってきたら休憩にしましょう」

母は洗剤を洗い流すと、湯船にお湯をため始めた。

もともとほとんど汚れていなかったので、掃除はすぐ終わるのだ。

母は湯船のへりに腰掛けると、手招きする。

「ルリア。こっちにいらっしゃい」

あたしが母に近づくと、膝の上に乗せられたあと、ぎゅっと抱きしめられた。

母は温かくていい匂いがした。

「ルリアは、甘えてくれないから」

「そかな？」

「ギルベルトもリディアも、ルリアの歳の頃にはもっと甘えていたわ」

そう言って、母はあたしの髪を優しく撫でる。気持ちがいい。

「えへへ」

「掃除の罰もあるけど、二人の時間を作ろうと思ったのよ」

「そなのかー。サラとマリオンの時間も？」

「まあ、それもあるわね」

「サラも、マリオンに甘えているのかな？」

「そうだといいわね」

あたしは母の胸に顔をうずめた。

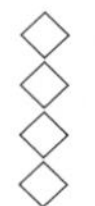

ルリアがアマーリアに甘えている頃、ダーウは走っていた。
食堂にある赤いバスケット。つまりおやつということだ。
「わふわふ～」

よだれがこぼれそうになるのを我慢してダーウは走る。

途中、サラたちのいる書斎の前を通りかかった。

書斎の扉は開いており、中から声が聞こえてくる。

「これね。あのね。リディアさまがくれたの」

「あらよかったわね」

サラはマリオンの膝の上に座って、木彫りの人形をマリオンに見せている。

サラの手には木の棒の人形がしっかりと握られていた。

水竜公は窓辺の日の当たる場所であおむけで眠っている。

ロアは水竜公のお腹の上で丸くなり、キャロ、コルコはその近くでのんびりしていた。

「あ、ダーウ？」

少し書斎の前で立ち止まったダーウにサラは目ざとく気がついた。

「わーうわふ〜」

だが、ダーウはすぐにまた走り出す。

『ダーウそんなに急いでどこに行くのだ？』『どこいく？　どこいく？』『あそぼ』

廊下を走るダーウにクロや精霊たちが話しかける。

精霊たちは、普段大人がいるところでは姿を隠している。だから暇なのだろう。

「わふ〜」

『おやつをとりにいくのだな』

ダーウはクロや精霊たちと一緒に食堂へと走る。

「あら、ダーウが来たのですね。準備はできてますよー」

食堂には侍女がいて、赤いバスケットを二つ用意してくれていた。

「こっちはルリアお嬢様用。こっちはサラお嬢様用のおやつです」

サラ用のバスケットの方が大きくて重かった。

「わふ！」

ダーウは任せろと言うと、頭の上にサラ用のバスケットを載せ、ルリア用のバスケットを口に咥えて走り出す。

「き、器用ね」

驚く侍女に見送られながら、ダーウは走る。

ダーウはまず書斎へと向かう。

「あ、ダーウおかえり」

「ばふ」

ダーウはサラの前にバスケットをどさっと落とす。

「お、おやつだと！」

寝ていた水竜公がダーウの声に反応して、飛び起きた。

「ダーウ、おやつ運んでくれたの？」

「ばう」

そして、ダーウはルリア用のバスケットを口に咥えて、浴場に向かって走り出す。

「ありがとー」

サラのお礼の言葉を聞いて、うれしくなったダーウは走りながら尻尾をぶんぶんと振った。

そしてそのままルリアのいる浴場へと走りぬけた。

「わふわふ～」

「ダーウありがと」

「ありがとう。いい子ね」

ダーウはルリアとアマーリアに撫でられて、とてもうれしい気持ちになった。

「ルリア、ダーウが持ってきてくれたおやつを食べましょう」

「やったー」「わふわふ～」

アマーリアは浴場から出ると、脱衣所の椅子の上にバスケットを置いた。

そして、バスケットの中からクッキーの入ったお皿と、リンゴジュースの入った水差しとコップを取り出した。

ダーウのための干し肉と骨もバスケットに入っていた。

「おいしい」「わふわふ」

ルリアはアマーリアの膝の上で、クッキーをパクパク食べて、リンゴジュースをごくごく飲んだ。

ダーウはアマーリアからもらった干し肉をむしゃむしゃ食べて、骨をガシガシかじる。

「かあさまも食べて」

「ありがとう。……おいしいわね」

「おいしいねー」「ばう～」

ルリアはアマーリアに甘えて、クッキーを食べさせてもらったりしている。

それを見て、ダーウもうれしくなった。


ルリアたちがおやつを食べ終わった頃、湯船にはお湯がたまっていた。

「掃除したご褒美に一番風呂に入っちゃいましょう」

「やったー」「わふわふ～」

ルリアはお風呂の中でもアマーリアに甘えたのだった。

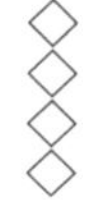

一方、ダーウが去った後の書斎では、

「すいりゅうこうも、おやつたべよ？」

「……食べていいのであるか？」

「もちろんだよ」

「やったのである！」

サラたちもおやつを食べていた。

「そなた、名は何というのであるか？」

おやつを食べながら、水竜公がサラの木の棒の人形に尋ねた。

「ミアだよ」

どうやら、サラの木の棒の人形はミアという名前らしかった。

「ほう、ミアもクッキーを食べるのであるか？」

水竜公はミアの顔があるっぽいところの前にクッキーを持っていく。

「ミアは遠慮ぶかいのであるな～」

そう言って、水竜公はクッキーをバクバク食べた。

「りゃむ？」

水竜公の頭の上でクッキーを食べていたロアは、一瞬ミアがかすかに光った気がしたのだった。

あとがき

はじめましての方ははじめまして。

一巻から読んでくださっている方、ありがとうございます。

作者のえぞぎんぎつねです。

無事、二巻も出版することができました。

読者の皆様のおかげです。ありがとうございます。


一巻で主人公のルリアは転生して赤ちゃんから五歳まで成長しました。

このペースで行くと二巻では十歳まで成長すると思われた方も多いかもしれません。

実際、そういう計画はなきにしもあらずでした。

十歳のルリアを期待しておられた方には申し訳ないのですが、二巻では最後までルリアは五歳のままです。

五歳のルリアは書いていて楽しいです。

だから、五歳をついつい長く書いてしまいます。

さてさて、五歳のルリアの物語である二巻がどんな話なのか、ほんの少しだけ紹介します。

ネタバレはしないので、ご安心ください。

簡単に言うと、一巻の最後の方で友達になったサラと遊んだり、ダーウやキャロ、コルコと遊んだり、ルリアが色々と活躍する話です。

新しいもふもふも登場します。お楽しみに。


一巻のあとがきで、予告したコミカライズですが、着々と進んでおります。

原作者特権で、コミカライズの色々を見せて貰っておりますが、とても良い感じです。

読者の皆様もぜひ楽しみにしていてくれると、うれしいです！


さて、もう書くことがなくなってきました。

今回、あとがきを五ページを書けという指示が来ているので、なんとかしなければなりません。

ちなみに、今の時点では二ページにも足りていません。


これを書いているのは十一月なので、まだ出ていないのですが、二〇二三年十二月十五日に拙著が出版される予定です。

「ちっちゃい使徒とでっかい犬はのんびり異世界を旅します」（アース・スターノベル）の一巻で

す。

「ちっちゃい使徒〜」は不幸な状況で死んでしまった男の子ミナトとその愛犬タロが主人公です。

可哀想なミナトとタロは異世界の神様の手によって転生します。

ミナトは使徒として、タロは神獣として。

異世界に転生したミナトとタロは仲良く楽しく暮らしながら精霊や聖獣を助けつつ大活躍します。

「ちっちゃい使徒〜」は、私が初めて書いた異世界転生物になります。

ミナトはとても可愛いですし、転生して大きくなったタロもすごく可愛いです。


犬って可愛いですよね。今年の夏に京都の十分ぐらいで頂上までいける双ヶ丘に登ったのですが、散歩中の小型犬が「あそぼあそぼ」と駆け寄ってきてくれました。撫でていたら、大型犬も足元に無言で寄ってきて「撫でて？」と見上げてくれました。撫でました。可愛かったです。

小型犬も可愛いですが、大型犬も可愛いさは格別です。

数年前、自転車がパンクして、小さな自転車販売店で修理して貰っている間、店内の椅子に座らせてもらっていたのですが、ゴールデンレトリバーが甘えてきてくれました。べろべろ手を舐めてくれて、とても可愛かったです。


それはともかく「ちっちゃい使徒とでっかい犬はのんびり異世界を旅します」も、よろしくお願いいたします！

そして、本作と同月、二〇二四年一月には、もう一作拙著が出版されます。

「変な竜と元勇者パーティー雑用係、新大陸でののんびりスローライフ」（ＧＡノベル）の六巻です。

一月十四日発売です。

可愛いモフモフがいっぱい出てきます。変な竜こと赤ちゃんカバっぽい巨大な竜と優しいおっさんが、みんなと力を合わせて、新大陸で家を作ったり、お風呂を作ったりするお話です。

カバって可愛いと思うんですよね。いや、もちろん成獣のカバは牙も大きいし怖いですけど、赤ちゃんはとても可愛いです。

数年前にアメリカにあるシンシナティ動物園で、未熟児で生まれたカバ「フィオナ」をスタッフが二十四時間体制でケアするという出来事がありました。

その様子を撮影した動画をシンシナティ動物園が動画サイトやＳＮＳなどで公開してくれたのです。

フィオナはとにかく可愛い。

飼育員にミルクをもらったり、飼育員に甘えるフィオナはとても可愛いです。

ちなみにフィオナは奇跡的に成長しました。

シンシナティ動物園の公式チャンネルで、弟フリッツと遊ぶ成長したフィオナの動画も上がっています。

ぜひ、みなさんも探してみてください。


最後になりましたが謝辞を。

イラストレーターのkeepout先生。一巻に引き続き本当に素晴らしいイラストをありがとうございます。

ルリアが本当に元気で可愛くて、最高です。ありがとうございます！

担当編集様をはじめ編集部の皆様、営業部等の皆様、ありがとうございます。

本を販売してくれている書店の皆様もありがとうございます。

小説仲間の皆様、同期の方々。ありがとうございます。

そして、なにより読者の皆様。ありがとうございます。

令和五年　十一月　　えぞぎんぎつね

アップッップッ!
2巻、読んで下さり
ありがとうございました
コミカライズ決定
おめでとうございます!!!
プ
3巻もお楽しみに
イラスト担当 keepout

SQEXノベル

転生幼女は前世で助けた精霊たちに懐かれる 2

著者
えぞぎんぎつね
イラストレーター
keepout

2024年1月6日　初版発行

発行人
松浦克義
発行所
株式会社スクウェア・エニックス
〒160－8430
東京都新宿区新宿6－27－30　新宿イーストサイドスクエア
（お問い合わせ）スクウェア・エニックス　サポートセンター
https://sqex.to/PUB
印刷所
中央精版印刷株式会社
担当編集
鈴木優作
装幀
伸童舎

ISBN978-4-7575-8999-5 C0093

Printed in Japan